JEUNE COUPLE S'ÉCLATE EN PLEIN AIR

"Lettres indiennes"
série dirigée par Rajesh Sharma

Titre original :
Teen Couple Have Fun Outdoors
Éditeur original :
Serpent's Tail, Londres

ISBN 978-2-330-19247-1

ARAVIND JAYAN

Jeune couple s'éclate en plein air

roman traduit de l'anglais (Inde)
par Benoîte Dauvergne

ACTES SUD

I

ANNIE CROIT
AUX EXTRATERRESTRES

1

J'ai compris qu'il y avait un problème quand Sreenath a refusé de descendre voir la nouvelle voiture. Il avait prétexté un mal de tête, mais en m'arrêtant devant sa porte, je l'ai entendu discuter au téléphone. Après avoir insisté pour qu'il nous rejoigne, je l'ai laissé tranquille.

La voiture que nous avions choisie tous ensemble était une Honda Civic blanche. Son profil aérodynamique la rendait plus rapide, et un signal sonore se déclenchait quand on oubliait sa ceinture. Appa et moi étions allés la chercher chez le concessionnaire en début de matinée. Il avait conduit très prudemment jusqu'à la maison en évitant les nids-de-poule, le corps tendu dès qu'il posait le pied sur la pédale de frein. À mi-chemin, il avait allumé le GPS et monté le volume. Il voulait entendre la voiture parler. Au moment de se garer devant la maison, il s'était contenté de regarder l'écran du tableau de bord, pas un coup d'œil dans les rétroviseurs. S'il avait trouvé le moyen de déclencher les airbags sans collision, il les aurait testés aussi.

C'était un samedi matin de mars, vers dix heures et demie, onze heures. Un ou deux voisins sont passés nous féliciter. Karthika, notre voisine de gauche, nous a appris que son mari projetait lui aussi d'acheter une Civic, mais un modèle différent. Pourquoi pas le même ? Dieu seul le savait. Cette femme parvenait toujours à nous faire douter de nos décisions. Nous recevions commentaires et compliments avec une certaine nervosité. Financièrement parlant, l'achat de cette voiture était une petite folie. Notre ancien véhicule, une Maruti Alto, marchait plutôt bien, abstraction faite des habituels problèmes liés à l'âge. Avec un peu d'entretien, elle aurait pu rouler encore cinq ans, voire plus. Amma avait été particulièrement triste que nous la vendions. C'était une entasseuse compulsive.

Malgré le trac, chacun de nous essayait de se montrer agréable. Sur le pare-brise, Appa avait collé la vignette exigée par le comité de propriétaires de notre lotissement en prenant soin de la placer bien droit. Notre quartier, Blue Hills, comptait environ vingt-cinq maisons, et je suppose qu'il était situé sur une pente douce. Les maisons ressemblaient à celles du Monopoly : elles semblaient avoir été posées d'un bloc. Elles étaient pourvues d'un abri de voiture et d'un jardinet pouvant accueillir jusqu'à six ou sept plantes en pot. Au centre du lotissement, il y avait un petit parc où on organisait des fêtes et où les enfants jouaient. À l'époque où j'étais lycéen, on m'avait nommé babysitteur officiel de Blue Hills. Comme je me promenais souvent dans le parc en écoutant de la musique, les parents en profitaient : "Puisque tu es là, je peux te demander un service ?" En leur absence, j'étais censé empêcher les enfants de manger du sable ou de se jeter sous les roues d'un véhicule. Par chance, il n'y avait eu aucun mort sous ma surveillance, et le bac à sable était toujours relativement plein. De toutes les personnes avec qui nous cohabitions, c'étaient les enfants que je préférais.

"Nous aurions peut-être dû la prendre en gris argenté, a dit Appa.

— Non, c'est bien, le blanc, a répondu Amma. Ça fait propre. Soigné."

Après une dernière inspection, nous sommes rentrés déjeuner, puis chacun s'est retiré dans son coin.

Sreenath qui avait sauté le repas à cause de sa prétendue migraine n'est descendu qu'en fin d'après-midi. La nouvelle voiture a paru l'enthousiasmer, mais j'ai deviné qu'il faisait semblant. S'il avait été dans son état normal, il aurait reproché à Appa d'avoir laissé les housses en plastique sur les sièges ou m'aurait demandé pourquoi je n'avais pas empêché Amma de barbouiller le capot de curcuma. Ensuite, il aurait dispensé quelques conseils et émis un avis définitif sur l'intérêt de notre achat.

Au lieu de ça, il a fait trois fois le tour de la voiture, ouvert la portière et s'est assis à l'intérieur un long moment – d'abord avec Appa qui lui a récité toutes les caractéristiques techniques, puis seul. Finalement, il est remonté dans sa chambre et a fermé sa porte.

Je ne l'ai pas revu jusqu'au dîner. La famille n'était réunie à table que le week-end. Sreenath nous a rejoints au milieu du repas, toujours aussi silencieux et distrait.

"C'est bon ?" lui a demandé Appa.

Le samedi, il lui arrivait de cuisiner quand il n'avait rien à faire. Ce soir, il nous avait préparé un curry de crevettes avec du riz.

"Pas mal.

— Tu n'aimes pas ?

— Je t'ai dit que c'était pas mal. Laisse-moi tranquille."

Comprenant que cette scène était partie pour durer, j'ai fait un commentaire sur mon stage et allumé la télévision.

Le reste du dîner s'est passé sans incident, si ce n'est qu'au moment où le téléphone a sonné, Sreenath s'est retourné si vite qu'il a failli renverser le pichet d'eau. Il n'a recommencé à manger que lorsqu'Appa nous a informés que c'était son frère qui l'appelait après avoir reçu les photos de la voiture.

Je n'étais pas le seul à avoir remarqué la réaction de Sree. Amma l'a harcelé pour savoir ce qui n'allait pas jusqu'à ce que, son curry englouti, il file à l'étage.

Toujours au téléphone, Appa commençait à perdre patience : "Non, non, ce n'est pas le genre de blanc qui attire la poussière. C'est un blanc émail. É-mail. Comme l'enduit qu'on applique sur les fusées et les navettes spatiales."

Je ne savais pas où il était allé chercher cette information, mais il semblait content de lui.

Plus tard, j'ai entendu Amma lui dire que Sreenath paraissait fiévreux. C'était une de ses manies : chaque fois qu'elle était dépassée par un de nos états agités, elle diagnostiquait une fièvre. Cela lui permettait de prendre les choses en main. Elle vérifiait notre température, nous proposait du paracétamol et recommandait une sieste.

2

Sreenath avait vingt-deux ans et moi, vingt. Depuis que j'étais enfant, je cherchais constamment à lui plaire ; peut-être parce qu'à l'entendre, il avait déjà roulé sa bosse avant que je sois né.

Il disait des choses du genre : "Franchement, il vaudrait mieux pour tout le monde que les parents se séparent. Amma a encore le temps de retrouver un mari. Et Appa pourrait élever des oiseaux."

Ou bien : "Le liquide bleu dans les pubs, ça représente du sang, crétin."

Contrairement à moi, il avait réponse à tout.

Nous avions tous deux fréquenté une école pour garçons dirigée par des jésuites. Mon frère était un élève populaire. En général, il feignait l'ennui et faisait preuve d'un cynisme largement inspiré par les diatribes d'Appa contre la vie. Sa popularité avait atteint son apogée quand il s'était présenté à l'élection du représentant des élèves pour s'amuser. Il était même allé jusqu'à prononcer un discours. Après coup, les gens lui disaient tout le temps "bien essayé", et il répétait "Attendez, je n'ai rien essayé du tout, c'était une blague. Vous y avez cru ?!" Naturellement, je profitais des retombées de sa notoriété. Les élèves plus âgés étaient sympas avec moi, et des personnes que je n'avais jamais vues me saluaient en passant.

Sur le plan scolaire, le constat était le même : l'esprit de Sreenath faisait plus d'étincelles que le mien. Même s'il attendait toujours la veille des examens pour commencer à réviser, tout en se plaignant d'avoir été privé d'enfance par des interrogations écrites à n'en plus finir, il s'en sortait avec des bonnes notes. De mon côté, je passais des semaines entières à me morfondre et n'arrivais à rien sans une perfusion de café, plusieurs kilos d'amandes et un silence absolu autour de moi. Les seules matières dans lesquelles je le dépassais, ou y parvenais presque, c'étaient l'informatique et le malayalam, et l'histoire, sauf lorsque ma prof était en pleins déboires conjugaux. Son mari me faisait perdre beaucoup de points.

Ainsi décrit, Sreenath a peut-être l'air plus intelligent et précoce qu'il ne l'était. Au bout du compte, nous étions tous les deux des gars normaux. Mon frère se situait un ou deux crans au-dessus de moi, c'est tout.

Le seul domaine où je le surpassais, c'était le sport. J'étais attaquant dans l'équipe de football de l'école et dans un club de jeunes local. Le foot était ma principale excuse pour m'échapper de la maison. Sreenath n'était pas seulement moins bon que moi : objectivement, son jeu frôlait le massacre. Un jour, il avait marqué contre son camp, s'était tordu la cheville et avait déchiré son short dans le même mouvement. Ensuite, il avait essayé de faire oublier l'incident en prétendant que dépenser son énergie au sport était aussi déraisonnable que de se goinfrer.

Au moment de l'achat de la nouvelle voiture, Sreenath avait quitté l'université depuis deux ans. Il préparait un diplôme d'expert-comptable tout en faisant un stage dans un cabinet de la ville. Je venais de terminer l'université – une autre que celle de mon frère – et j'étais stagiaire au sein de la rédaction d'un journal anglophone. Nous n'avions désormais plus les mêmes centres d'intérêt, et nous fréquentions des cercles radicalement différents. Enfin, le mien était un demi-cercle. Celui de Sreenath était toujours immense, même s'il avait diminué avec le temps.

Peu de jeunes restaient à Trivandrum après leurs études. C'était une petite ville. À part une plage, quelques bars guindés et un centre commercial à peine digne de ce nom, elle n'avait pas grand-chose à proposer. Dès vingt-trois heures, les rues se vidaient, et si vous vous promeniez tard le soir, vous risquiez d'être arrêté par la police. J'avais un jour lu un guide de voyage qui trouvait à la ville "un charme suranné". Surannée, elle l'était au point que, lorsqu'on se réveillait le dimanche soir après un copieux déjeuner, il n'y avait rien d'autre à faire que se suicider.

Amma donnait parfois ses cours particuliers au rez-de-chaussée de la maison – deux fois par semaine, elle enseignait les maths et la physique à des collégiens – et ces bruits de salle de classe amplifiaient la sensation que j'étais pris au piège.

Certains aspects de la ville me plaisaient pourtant. Les gens semblaient avoir le temps de s'intéresser aux événements banals de la vie, ce qui, pratiqué dans un esprit positif, était plutôt pas mal. La bibliothèque municipale, un vieux bâtiment rempli d'air frais, était un lieu dont je ne me lassais pas. Les journées étaient douces. On pouvait regarder les arbres et se promener sur la plage. C'était une ville agréable, rien à redire là-dessus.

Cela dit, si Sreenath et moi étions encore là, c'était avant tout parce qu'Appa nous y avait obligés. Il dirigeait une chaîne de magasins de vêtements nommée Royal Textiles, et même si, à l'époque, nous ne lui donnions plus de coups de main comme lorsque nous étions écoliers, il avait insisté pour nous garder près de lui. Afin de nous prouver que c'était justifié, il nous envoyait de temps en temps gérer les stocks, faire le ménage dans ses boutiques et distribuer des prospectus. "Au moins quelque temps." C'était ce qu'il m'avait dit à la fin de mes études. Il avait fait la même demande à Sreenath. Curieusement, chacun de nous avait accepté. Mon frère devait de toute façon terminer sa formation de comptable.

Enfin bref, tout ça pour dire que Sreenath et moi n'étions pas proches au point de pouvoir lire dans les pensées l'un de l'autre. Nous aimions avoir chacun notre espace. C'est pour cette raison que je l'ai laissé tranquille, contrairement à Amma. Et ça explique probablement pourquoi il ne s'est pas confié à moi. Mais peut-être aussi espérait-il que personne à la maison ne découvrirait l'affaire.

Malgré tout, je n'ai pas pu m'empêcher de le tenir à l'œil. Le lundi, Sreenath n'a pas quitté la maison, conformément aux recommandations médicales d'Amma. Il s'est passé la même chose le mardi puis le mercredi, mais quelques-uns de ses copains de fac sont tout de même passés le voir dans la soirée. Depuis la fenêtre de l'étage, je l'ai vu comploter avec eux d'un air sérieux dans la véranda assombrie, tout en jetant des coups d'œil à la porte close derrière lui.

Plus tard, je lui ai demandé ce qu'ils voulaient.

"Rien de spécial. Juste discuter un peu.

— Est-ce que vous avez un projet, les gars et toi ?"

Il leur arrivait d'assister à tel ou tel événement, comme une brocante ou une exposition artistique, et même d'en organiser – par pur ennui, pensais-je.

Sreenath a levé les bras au ciel.

"Mais qu'est-ce que vous avez tous en ce moment ? Je viens de te dire que ce n'était rien.

— Vous avez tué quelqu'un ?"

Il a claqué la porte de sa chambre. Des années plus tôt, pour l'embêter, j'y avais plaqué un autocollant doré du dieu Shiva et de Ganesh disant *"Om"*. Au lieu de l'enlever, il avait transformé le *"Om"* en "OK".

Le jeudi soir, je suis tombé sur Salil en rentrant du journal. Il avait quatre ou cinq ans de plus que moi et habitait aussi chez ses parents à Blue Hills. On racontait que c'était un voyou – une rumeur probablement alimentée par le fait qu'il allait toujours quelque part même s'il n'avait pas de travail. Autrement, il avait l'air parfaitement réglo. Comme d'habitude, il chevauchait sa moto, une Duke orange couverte d'autocollants de marques. À l'entrée du lotissement, il s'est arrêté à côté de moi et a coupé le moteur avec ostentation, comme pour me prouver son respect.

"Comment va ton frère ?"

Salil n'étant pas ami avec Sreenath, j'ai été surpris qu'il soit au courant. J'ai été encore plus surpris par sa mine sombre. Croyait-il que mon frère souffrait du paludisme ou de la dengue ?

“Ce n’est rien de grave”, ai-je répondu.

Salil a froncé les sourcils puis hoché la tête comme si j’avais dit quelque chose de sage.

“C’est comme ça qu’il faut le prendre.”

J’ai plissé les yeux.

“Quoi donc ?

— Mais tes parents le laissent tranquille ?

— Tranquille ? Qu’est-ce que tu veux dire ?”

Il m’a regardé fixement.

“Tout va bien, alors. Super. Tant mieux.

— Tu sais, c’était à peine une petite fièvre, ai-je répondu en pensant toujours au paludisme.

— Je vois. Tant mieux. Bref.”

Il a relancé le moteur de sa moto et dit qu’il devait filer.

Il était presque vingt-trois heures.

Quand je suis rentré, seule Amma était encore debout. J’ai avalé mon dîner, l’ai aidée à ranger la cuisine, puis je suis allé me coucher avec une drôle d’impression.

3

Il a fallu attendre jusqu'au vendredi soir pour que le mystère commence à s'éclaircir. Je suis rentré tôt après avoir assisté à une pièce de théâtre pour le journal. Il me restait à écrire la critique, mais je n'avais pas envie de m'y mettre tout de suite. Bien que présentée comme expérimentale, elle s'était jouée à guichets fermés. La détermination des spectateurs m'avait redonné le sourire. On aurait dit que la ville était secrètement peuplée de personnes raffinées ayant toutes une riche vie intérieure. Quand la pluie s'est mise à tomber, je me suis assis près de la fenêtre du salon où j'ai griffonné sur un bloc-notes en sirotant du thé. J'entendais les pas de Sreenath au-dessus de moi.

Une demi-heure plus tôt, Amma était partie à la réunion de l'association des résidents de Blue Hills. Avant de s'y rendre, elle choisissait toujours soigneusement sa tenue. Si l'un de nous était dans les parages, elle lui posait un millier de questions dont elle connaissait déjà les réponses. Devait-elle emporter un parapluie ? Aurait-elle besoin de son sac à main ? Ses cheveux n'étaient-ils pas trop noirs ?

Elle se préparait pour ces réunions comme pour un entretien d'embauche.

Appa est arrivé à dix-huit heures trente, alors que je venais enfin de commencer à rédiger ma critique sur mon ordinateur. Il rentrait plus tôt que d'habitude, lui aussi. Après m'avoir demandé ce que je faisais et où était Amma, il est monté se laver et m'a appelé quelques minutes plus tard.

À force de soulever des cartons à l'entrepôt, comme il insistait encore pour le faire, il s'était bloqué une épaule. Sa toilette était depuis une opération en binôme. Arrivé à la moitié, il nous faisait venir, Sreenath ou moi – surtout moi –, puis, assis sur un tabouret en bois, une serviette autour des hanches, il nous demandait de lui frotter le dos. Parfois, il écoutait la radio sur son portable.

La salle de bains exiguë était remplie de vapeur. Une ampoule jaune flottait au-dessus. J'ai pris une éponge et regardé fixement la mousse de savon autour de la bonde. Pour la radio, c'était raté.

"Est-ce que c'est grave si Sreenath s'absente une semaine entière du cabinet ? a-t-il demandé.

— Je n'en sais rien. Il a dû leur en parler.

— Il m'a dit que ça ne leur posait pas de problème. Moi, je n'aimerais pas qu'un de mes employés prenne une semaine entière de congé. Qui va faire tout son travail ?

— Ils ont sûrement assez de personnel, Appa.

— Dans ce cas, à quoi leur sert-il au juste ?"

Les conversations avec mon père exacerbaient généralement toutes mes craintes filiales. Sans vouloir leur manquer de respect, je n'aimais pas l'idée que ces questions domestiques soient les uniques préoccupations de mes parents. Afin de voir si je pouvais faire naître en eux cette vie intérieure dont je parlais plus tôt, j'essayais de leur montrer des films intéressants à la télévision, au moins une fois de temps en temps. J'avais même emmené Amma voir une pièce de théâtre un soir, une adaptation en malayalam d'*Oncle Vania* de Tchekhov. Elle ne s'y était pas intéressée un seul instant. Je ne me prenais pas pour un grand intellectuel ; je voulais simplement ce qu'il y avait de mieux pour eux, et ça peut paraître idiot, mais je tenais à ce qu'ils soient un minimum préparés aux dilemmes de la vie.

Tandis qu'Appa, de plus en plus agité, me parlait de Sreenath et de sa journée, je m'efforçais de conserver mon équilibre mental. Un moment plus tard, j'ai entendu ma mère rentrer. Il était dix-neuf heures lorsque j'ai redescendu l'escalier.

D'habitude, quand elle rentrait d'une réunion, son débit était d'une dizaine de mots par seconde – les dernières nouvelles, les conversations de la soirée. Ce soir-là, je l'ai trouvée les yeux fixés sur l'horloge du micro-ondes dans la cuisine.

"Bonne réunion, Amma ?"

Elle a acquiescé sans se retourner.

Plutôt que d'insister, je suis reparti au salon et me suis rassis à table pour poursuivre mon travail. Peut-être que quelqu'un avait été impoli avec elle. Ou qu'elle avait la migraine.

Elle est entrée cinq minutes plus tard et s'est lentement dirigée vers la fenêtre. Elle a fermé les rideaux, les a rouverts aussitôt en grand, puis, comme après un calcul, les a tirés jusqu'à ce qu'ils soient exactement comme avant. Elle s'est approchée de la table d'un pas hésitant.

Je ne suis pas sûr de pouvoir décrire ça, disons que tous ses traits étaient légèrement décalés. Ses yeux s'étaient creusés plus profondément. Sa bouche pendait mollement. Son front semblait plus grand. Son visage n'avait plus la moindre couleur. J'avais l'impression d'être en présence d'une inconnue, au point que j'ai repensé à ces histoires de fantômes où des gens apercevaient la pâle silhouette d'un être cher avant d'apprendre qu'il était mort quelques minutes plus tôt.

"Est-ce que Sreenath t'a dit quelque chose ? a-t-elle demandé.

— À quel sujet ?

— Ne fais pas l'innocent. Oui ou non ?

— Mais je ne vois même pas de quoi tu parles !

— Est-ce qu'il est là ?"

Elle s'est tournée vers l'escalier.

"Tu veux bien commencer par m'expliquer ce qui ne va pas ?"

Elle a fait volte-face avec une expression perplexe.

"Poornima m'a raconté quelque chose de très étrange. Tu la connais, c'est une véritable commère. Tu te rappelles le jour où elle a décidé de recommander la comptabilité à ses neveux parce que Sreenath avait obtenu une bonne note à un examen ? Comme si c'était facile ?"

Poornima habitait à l'autre bout de Blue Hills. Nos voisins n'étaient pas foncièrement méchants. C'était juste une petite communauté.

"Je ne comprends pas. Qu'est-ce qu'elle a dit exactement ?"

Amma a plissé les yeux et s'est frotté le nez comme si elle découvrait qu'on lui en avait collé un nouveau au milieu du visage.

"Je m'inquiète sûrement pour rien. Elle parle beaucoup, après tout. Mais d'après elle, il y aurait une vidéo louche de lui sur internet.

— Une vidéo de Sreenath ?”

Elle a hoché la tête.

“Avec une fille, apparemment. Tout le monde est au courant, paraît-il. C’est très étrange.

— Mais où, sur internet ?”

D’un seul coup, son air perplexe a disparu et elle s’est mise à pleurer. C’est arrivé si vite que je me suis demandé ce que j’avais manqué. Je l’avais souvent vue craquer, mais cette fois, c’était différent. Tout son visage semblait dégouliner, transformé en matière visqueuse.

Je l’ai fait asseoir à table et lui ai servi un verre d’eau. Elle a essayé de parler, mais a été interrompue par un hoquet.

“Sur un de ces sites”, a-t-elle finalement répondu.

Ces mots ont paru la vider d’une bonne partie de son énergie. Elle s’est penchée sur la table, les mains sur la tête.

J’ai tenté de la calmer en faisant semblant de la gronder du ton raisonnable que je prenais souvent avec elle. Notre famille, sans doute pas la seule dans notre ville, avait une prédilection pour les psychodrames. La voix de la raison était le seul moyen d’en sortir.

“Est-ce que tu l’as vue de tes propres yeux, cette *vidéo* ?”

J’ai prononcé ce mot comme si l’existence même d’images animées était une idée absurde.

Elle a secoué la tête.

“Alors il peut très bien s’agir d’un malentendu.

— Ce n’est pas un malentendu.

— C’est tout à fait possible, pourtant. On va en parler à Sreenath. Il va nous dire ce qu’il en est. Facile.”

J'étais maintenant agenouillé sur le sol et je lui parlais comme à une enfant, tandis que le puzzle des derniers jours s'assemblait dans mon esprit. J'ai ensuite tenté d'imaginer la réaction d'Appa. L'instant d'après, il était dans le salon.

Il ne portait qu'un pagne. Une serviette blanche lui couvrait les épaules. Naturellement, il avait l'air inquiet. Lui qui s'était plaint d'avoir passé une mauvaise journée. Un de ses plus anciens employés avait menacé de démissionner, puis sa sœur l'avait appelé pour raviver une querelle au sujet d'une propriété. Dans la salle de bains, il s'était frictionné le haut du corps aussi vigoureusement que s'il était couvert de fourmis. "Faut-il que je parte méditer cent ans dans l'Himalaya pour avoir quelques minutes de paix ?"

En le voyant, Amma s'est mise à pleurer deux fois plus fort.

Appa s'est tourné vers moi comme si j'étais responsable.

"Qu'est-ce qui se passe ici ?"

Je lui ai répondu que je n'en savais rien, ce qui était la meilleure chose à faire sur le moment. Devant toutes ces larmes, je commençais moi-même à perdre mon sang-froid. Mais la situation d'Amma était plus grave. Plus elle pleurait, plus Appa l'interrogeait en hurlant ; et plus il hurlait, plus elle pleurait.

Après deux minutes de ce vacarme, elle s'est mise à lui raconter ce qui s'était passé. J'ai décidé d'aller voir mon frère qui n'avait toujours pas fait un bruit. Je suis monté et j'ai frappé à sa porte.

"Sree, tu pourrais sortir une seconde et tirer cette histoire au clair ?"

Aucune réponse.

“Amma dit qu’il y a une sorte de vidéo de toi en ligne. Est-ce que tu es au courant ?”

Toujours pas de réponse.

Je commençais à craindre qu’il n’ait fait une bêtise. J’ai frappé plus fort.

“Hé oh. Sree. Réponds-moi.”

Huit ou neuf coups plus tard, il a lancé : “Arrête, maintenant. Je descends dans un instant.”

Sa voix était faible et lointaine.

“Tu as entendu parler de cette vidéo ?

— Je viens de te répondre, a-t-il dit cette fois comme s’il serrait les dents. Donne-moi juste quelques minutes.”

Mais déjà Appa montait l’escalier d’un pas lourd. Il m’a poussé sur le côté et s’est appuyé contre la porte. Manifestement, Amma lui avait livré une version plus détaillée qu’à moi.

“Est-ce que tu es au courant de ce qu’on raconte ? a-t-il demandé. Est-ce que c’est vrai ?”

Le silence de Sreenath a paru le déconcerter, puis le fâcher. Il a commencé à cogner contre la porte en répétant son nom. Dans son état de semi-nudité, on aurait dit un crapaud qui coassait. Le prénom de mon frère a perdu toute signification. À force de l’entendre, ce n’était plus qu’un bruit perturbant.

J’ai pensé qu’il allait sûrement faire une crise cardiaque. L’attaque d’Appa, c’était comme ce séisme californien, le Big One. Une menace permanente. Chaque fois que nous l’irritions, il nous avertissait que son cœur allait lâcher.

“Appa, calme-toi.”

Il m’a ignoré. J’ai fait quelques pas vers lui, mais il a levé une main pour m’arrêter.

Je ne me rappelle pas combien de temps il est resté là, ni le nombre de fois où il a appelé Sree, mais je dirais qu'on a frôlé la cinquantaine, même si c'est énorme.

Il a fini par s'arrêter parce qu'il a eu besoin de reprendre des forces pour donner des coups de pied dans la porte.

"Ouvre-moi immédiatement !"

Même si la violence était montée d'un cran, ce changement m'a rassuré. C'était au moins la preuve qu'il n'avait pas totalement perdu la tête.

Derrière moi, Amma respirait avec difficulté dans l'escalier. Je lui ai fait monter les marches jusqu'au palier de peur qu'elle ne s'évanouisse. Il ne manquait plus qu'une chute pour couronner la soirée.

De son côté, Appa donnait des coups de pied de plus en plus violents. Amma, qui, d'habitude, contrôlait sévèrement le niveau de décibels à la maison, n'avait pas plus que moi le courage de l'arrêter.

"Je veux voir cette vidéo ! Je veux la voir tout de suite.

— Appa, je t'en prie. Il va sortir. Il m'a dit qu'il arrivait dans une minute.

— Envoie-moi cette vidéo sur-le-champ, sinon j'enfonce la porte.

— Sree ! Dis-lui que tu vas sortir."

Le coup suivant a fait bruyamment craquer le bois.

Appa a rajusté son pagne et s'est essuyé la bouche.

Sreenath a dû vouloir régler le problème une fois pour toutes, car il a répondu à travers la porte : "Je viens de te l'envoyer. Sur WhatsApp."

J'ai noté que son ton était calme. C'était positif. L'incongruité, moins.

Appa a attendu un instant de voir si Sreenath allait ajouter quelque chose, puis il a descendu l'escalier, suivi d'Amma. J'ai collé l'oreille contre la porte et écouté sans bouger. Le lit a grincé. J'ai reconnu le couinement de son fauteuil de bureau, puis le cliquetis du clavier de son ordinateur portable. En bas, le silence régnait. Ils avaient dû commencer à regarder la vidéo.

Lorsque je les ai finalement rejoints dans le salon, ils étaient assis sur le canapé. Amma caressait le bras d'Appa.

Certes, il avait mauvais caractère, mais je ne me rappelais aucun emportement aussi alarmant. Évidemment, nos parents n'étaient pas du genre à garder leur colère pour eux, pas du genre passif-agressif. Il n'était pas rare de les entendre crier, et si ça ne fonctionnait pas, ils s'exprimaient volontiers en faisant voler tasses, soucoupes et assiettes. Je ne cherche pas à nous faire passer pour une famille de sauvages. Simplement, aucun de nous n'avait le temps de se montrer subtil.

Le portable d'Appa était posé sur la table basse. En le déverrouillant, je suis tombé sur l'image figée de la vidéo. Le fait qu'il n'y ait même pas de code, ça m'a abattu. Mon père n'avait pas le moindre vice caché.

Inquiet de ce qui pouvait arriver, ou cherchant peut-être juste à me rendre utile, je suis allé cacher tous les ustensiles tranchants que je pouvais trouver dans la cuisine. Comme je tenais toujours le portable, j'ai lancé une partie de la vidéo sans vraiment la regarder. Après un prélude aussi choquant, son contenu n'aurait pas dû me surprendre, mais il m'a tout de même troublé.

Je me suis envoyé le lien, puis je suis allé m'asseoir sur les premières marches de l'escalier. La maison était silencieuse. Sans vouloir jouer les poètes, j'entendais encore nos éclats de voix flotter autour de moi.

Comme personne n'avait bougé au bout d'une demi-heure, j'ai envoyé un mot d'excuse à mon rédacteur en chef, remonté l'escalier et frappé à la porte de mon frère.

"Sree, je suis tout seul. Allez, ouvre."

La porte s'est ouverte. Sa chambre était suffisamment petite pour qu'il puisse tirer le loquet avec les orteils depuis son fauteuil. Assis devant son ordinateur, il tapait des deux pouces sur son portable. L'air était chaud et sentait la monnaie humide. Il faisait sombre. Seule sa lampe de bureau était allumée.

"Pourquoi tu m'as rien dit ? ai-je demandé.

— Ça aurait changé quelque chose ?

— J'en sais rien. Qu'est-ce qu'on est censés faire maintenant ?"

Il a haussé les épaules et continué à envoyer des messages.

"Arrête, merde ! T'as pas vu leurs têtes. Ils ont l'air mourant.

— J'ai besoin d'être seul pour le moment.

— Pour quoi faire ?"

Il s'est levé et a ouvert la porte. J'ai refusé de bouger. Il m'a attrapé par le col pour essayer de me jeter dehors. Je l'ai repoussé contre le mur. Il est parvenu à se dégager et m'a fait un croche-pied.

"D'accord, comme tu voudras."

Je suis sorti. La porte a claqué. Je suis parti dans ma chambre et me suis assis sur mon lit.

4

Je n'avais vu Anita, la copine de Sreenath, que les deux fois où il m'avait demandé de le déposer avec le scooter d'Appa à l'arrêt de bus, le lieu de leur rendez-vous. Ils étaient dans la même promo à l'école de commerce. Sreenath avait commencé à sortir avec elle au début de la deuxième année, mais il avait attendu plus de six mois pour m'en parler.

La première fois, elle fouillait dans son sac à dos, appuyée contre un panneau. Elle portait un t-shirt blanc et un jean. Ses lunettes avaient une monture rectangulaire en plastique, et ses cheveux étaient attachés en queue de cheval.

À l'époque, je venais de terminer le lycée. Les rares filles que je connaissais étaient celles que j'avais ajoutées sur Facebook, des étudiantes de la ville contactées au hasard. Je discutais avec certaines d'entre elles, mais cela se limitait à des politesses ou au travail scolaire.

"Tu veux bien arrêter de la regarder avec des yeux de merlan frit", m'avait dit Sreenath avant de la rejoindre.

Au moment de traverser la route, ils avaient mal calculé leur coup. Le chauffeur d'un bus bondé avait dû donner un grand coup de frein en klaxonnant.

Ils s'étaient figés une seconde en plein milieu de la chaussée ; puis arrivés de l'autre côté, ils avaient disparu dans un vieux café, le visage écarlate.

La seconde fois, c'était plusieurs mois plus tard, un soir de pluie. Il y avait foule sous l'abribus. Anita attendait tout au fond dans un imperméable translucide, des écouteurs dans les oreilles. Elle tapotait le sol au rythme de la musique avec sa Converse humide.

Bien que nous n'ayons jamais parlé, j'ai commencé à la cerner avec le temps. Anita aimait lire. Par l'intermédiaire de Sreenath, elle m'avait emprunté quelques romans, comme *Moins que zéro*, *Cartographie des nuages* et *Le Nom de la rose*.

Mon frère et moi aimions lire aussi, mais je crois que j'étais plus assidu que lui. C'est difficile à dire car ses livres ne sortaient jamais de sa chambre, comme les précieux magazines qu'il parvenait à dénicher – des numéros de *The Illustrated Weekly* de l'époque où Khushwant Singh était rédacteur en chef, *Himal Southasian*, *Life*, *Mad* et *The Atlantic Monthly*.

Ma bibliothèque personnelle n'était absolument pas immense. À moins que les livres ne fassent partie du programme scolaire, Appa nous envoyait à la bibliothèque municipale. Les rares que je possédais, je les avais trouvés d'occasion. Cette situation avait duré jusqu'au début de mes études de lettres ; l'intitulé de mes cours était alors devenu trop vague pour qu'il s'y retrouve.

Chaque fois qu'Anita voulait m'emprunter des livres, j'étais content qu'elle me sollicite. Je crois que Sreenath aussi était secrètement fier de lui répondre que nous les avions, même si ce n'étaient pas vraiment des raretés.

Un jour, l'exemplaire de *Rebecca* de Daphné Du Maurier que je lui avais prêté m'est revenu gondolé sur les bords, accompagné d'un mot d'excuse écrit à la va-vite : *Vraiment désolée, j'ai renversé un verre d'eau dessus pendant que je le lisais. Je n'ai pas trouvé la même édition sur Amazon, mais je te le rachèterai dès qu'il sera en stock. Merci mille fois.*

"Elle l'a fait tomber dans les toilettes", avait dit Sreenath en me le rendant sans voir le morceau de papier.

Je lui ai répondu qu'elle n'était pas obligée de le remplacer. Ce n'était qu'un vieil exemplaire, et je l'avais déjà lu. Un livre neuf m'est tout de même parvenu quelques semaines plus tard. *Bon d'accord, je l'ai fait tomber dans les toilettes*, m'écrivait-elle cette fois. *Mais Monsieur Propre et moi exterminons régulièrement les bactéries, et il est seulement tombé sur le sol, pas dans un endroit trop malsain. D'ailleurs, ton frère m'a dit que tu lisais aussi aux toilettes.*

J'ai demandé à Sree de lui transmettre la réponse suivante : *Merci beaucoup pour le livre, Anita. Ce n'était vraiment pas la peine. Amitiés, Un autre fidèle de la lecture aux toilettes.* Il a grogné environ deux minutes à cause de ma signature, avant d'appuyer sur Envoyer.

Ce que je savais également, c'est qu'elle détestait rester chez elle. Un jour, j'avais entendu Sree en parler au téléphone dans le contexte d'une grève qui s'éternisait.

Aucun bus ne circulait. Tous les magasins étaient fermés. Nos universités nous avaient accordé un congé. Mon frère et moi regardions les informations dans le salon. Une foule en colère brûlait une effigie.

Lorsque Sreenath a raccroché, j'ai tourné la page d'un journal, vérifié l'heure, me suis gratté le nez. Puis j'ai demandé d'un air faussement détaché : "Pourquoi est-ce qu'elle déteste rester chez elle ?

— Dis-moi qui aime ça.

— Mais pourquoi est-ce qu'Anita déteste rester chez elle ?

— Elle a ses raisons.

— C'est-à-dire ? Sa famille est schizo ?"

Sreenath a bâillé.

"En employant le jargon psychiatrique de cette façon, tu ne fais que renforcer la stigmatisation des malades mentaux. Tu devrais le savoir depuis le temps.

— Mais j'ai un tas d'amis schizos. Ma femme est schizo."

Sree a ignoré ma plaisanterie et est parti dans la cuisine. Comprenant qu'il ne m'apprendrait rien de plus, je n'ai pas insisté.

Tandis que mon frère suivait sa formation d'expert-comptable, elle faisait un master en sociologie, en psychologie ou en philosophie – il me maintenait dans le flou rien que pour s'amuser. Il m'arrivait néanmoins d'entendre des choses par hasard à son sujet. Par exemple, à l'époque où elle était écolière, elle participait aux concours de culture générale de l'État. Elle avait un faible pour l'acteur Fahadh Faasil. Elle postait des illustrations et des dessins humoristiques sur internet qui récoltaient beaucoup de likes. Elle coéditait une revue universitaire considérée comme prestigieuse dans certains cercles.

"Anita était persuadée que des extraterrestres l'enlèveraient un jour, m'a raconté Sreenath un soir. Quand elle était petite."

Nous étions dans la véranda pendant une coupure d'électricité et nous contemplions le ciel tout en discutant de théories conspirationnistes. Par temps clair, les étoiles apparaissaient d'un coup. Cette fois encore, Sree a rapidement changé de sujet. En remarquant son ton songeur, je me suis demandé s'ils s'étaient disputés. D'habitude, lorsque le courant était coupé, il se contentait de faire défiler des pages sur son portable.

À peu près à la même époque, j'ai pris l'habitude de griffonner *Anita croit aux extraterrestres*, et même *Annie croit aux extraterrestres*, dans la marge de mes cahiers. C'était mon écran de veille cérébral. Je l'écrivais dès que je commençais à m'ennuyer. *Annie croit aux extraterrestres.* Je trouvais cette phrase mystérieuse et séduisante. Une jeune fille les yeux levés vers le ciel, espérant le salut. J'aurais aimé en savoir davantage, mais il n'a plus jamais abordé le sujet.

En fait, ce que je savais d'elle se limitait à quelques éléments biographiques de base et au peu que je trouvais sur sa page Instagram.

À mon avis, si Sree était réticent à parler d'elle, ça ne signifiait pas qu'elle ne comptait pas pour lui. Il voulait simplement la protéger. Il pouvait être intarissable sur des sujets généraux – la politique, la musique, la rétrospective d'Adoor Gopalakrishnan qu'il avait vue au Festival international du film du Kerala. Mais il ne parlait jamais des choses qui lui étaient chères. Je pensais qu'ils étaient amoureux.

Ce que j'ai découvert grâce à leur histoire, c'était que mon frère pouvait être romantique. Ce qui m'a surpris. Je n'aurais pas imaginé qu'un membre de notre famille le soit. En même temps, j'ai éprouvé une certaine fierté parce qu'il avait justement vaincu une sorte de fatalité génétique. Sree conservait un tas de souvenirs dans un tiroir de son bureau : des tickets, des notes de restaurant, des gobelets à café en polystyrène, une montre sans bracelet, un chouchou.

Un samedi matin, alors que nous attendions des invités, Appa a été pris d'une fièvre ménagère. Il a commencé par le salon, mais rapidement, il s'est mis à disparaître dans les placards et à réapparaître sous nos lits. Dans la chambre de Sreenath, il a jeté tous ces souvenirs, qu'il a pris pour des déchets. Lorsqu'il est rentré de la fac, mon frère a poussé des cris furieux.

"Mais qu'est-ce qui t'a pris de nettoyer ma chambre ? Je t'avais demandé de ne pas le faire !

— Ce n'est pas une ambassade, que je sache. Elle fait partie de la maison, non ?"

Par chance, les gobelets, la montre et le chouchou étaient encore dans la poubelle. Il était trop tard pour sauver le reste. Sreenath a emporté ce qu'il pouvait et l'a rangé exactement au même endroit.

"C'est ça, prends-en plus, a dit Appa. Remplis donc ta chambre d'ordures."

Plus tard, Amma a abordé le sujet du chouchou en demandant d'un air malicieux à Sreenath s'il avait l'intention de se laisser pousser les cheveux. Il a fait semblant de ne rien entendre.

Lorsqu'elle m'a interrogé à mon tour, j'ai répondu : "Parce que tu crois qu'il me parle, à moi ?" Cette phrase l'a fait sourire.

À l'époque de la vidéo – enfin, de sa découverte –, Sree et Anita devaient sortir ensemble depuis environ quatre ans. Au début, je pensais qu'ils avaient enregistré la scène eux-mêmes et qu'elle avait fuité. La vidéo les montrait dehors, encadrés d'herbe et de gros troncs d'arbre. Elle durait douze minutes et avait sans doute été filmée à travers des buissons, car la caméra passait derrière un feuillage une ou deux fois. Pendant la majeure partie, ils étaient adossés côte à côte à un grand rocher, entre leurs sacs à dos. Anita portait un t-shirt du WWF et un pantalon de jogging. Sree était vêtu de l'uniforme bleu et blanc de leur université. Même s'ils n'avaient pas de rapport sexuel, l'acte était assimilable à du sexe, essentiellement sous la ceinture. Vers le milieu, Sreenath s'exhibait pendant près d'une minute.

Assis sur mon lit ce soir-là, j'ai passé un long moment à regarder distraitement des bandeaux de publicités pour des performances accrues et des agrandissements du pénis. Je les ai fixés si longtemps que les types ont dû se dire : Ouah, ce gars hésite vraiment à cliquer.

Ce site ne faisait pas partie des plus populaires, mais la vidéo totalisait près de cent mille vues. D'après la date indiquée dans la description, elle avait été mise en ligne un an plus tôt. Après un calcul trigonométrique basé sur les cheveux courts de mon frère, ses baskets Puma et son uniforme, j'ai conclu qu'elle avait été tournée bien avant, quand il avait à peu près vingt ans et étudiait en dernière année. Je ne suis pas parvenu à identifier le lieu immédiatement, mais j'ai appris plus tard que c'était une colline broussailleuse pas très loin de leur université. Un endroit isolé, mais de toute évidence pas assez.

Dans une petite ville, une idylle peut vous pousser à faire des choses étranges. George, un camarade de classe postulant au séminaire, disait souvent pour plaisanter que c'était une simple loi de la physique : tout espace d'intimité vacant était tôt ou tard occupé par un couple. Par exemple, en début de soirée, on pouvait voir des parasols ouverts face à l'horizon à certains endroits de la plage et, derrière chacun, un couple. D'accord, la plupart se contentaient sans doute de s'embrasser ou de se tenir la main.

J'ai fermé la page et posé mon portable. Globalement, tout le monde me tapait sur les nerfs : Sreenath, Anita, mes parents. Je me posais également des questions. Mon frère nous cachait-il l'existence de cette vidéo depuis un an ? Qui les avait filmés ? Des étudiants de son université étaient-ils tombés dessus récemment ? Deux d'entre eux, plus jeunes que lui, habitaient à Blue Hills. La fille de Mrudula, une amie proche de Poornima, en faisait partie.

Lorsque celle-ci avait parlé de la vidéo à Amma, elle avait dû prétendre ne faire que son devoir. Et c'était sûrement tout à fait sincère.

Ma mère s'était justifiée de la même façon quand elle avait surpris la fille d'un résident de l'association en train d'acheter une bouteille de rhum avec une amie au BEVCO. Cette jeune femme déambulait souvent d'un air déprimé dans les allées de Blue Hills. J'avais reproché à Amma de l'avoir dénoncée.

"Elle n'a que dix-neuf ans, avait-elle répliqué. Ce n'est pas une bonne habitude. Aujourd'hui, c'est l'alcool, mais ensuite ?"

Ensuite ? Eh bien, la drogue ? La fête ? Le sexe ? *Eyes Wide Shut* ? Je ne veux pas avoir l'air de me moquer d'Amma ; c'était la mentalité de l'époque.

"Tu aurais pu lui parler au lieu d'aller trouver sa mère."

En réalité, si Amma avait tenté de la raisonner, la situation aurait tourné au désastre. La fille aurait sans doute eu des propos impertinents qui l'auraient fait pleurer jusqu'en 2040.

“J'ai expliqué à sa mère que ce sont des choses qui arrivent. Certains jeunes en passent par là. Il faut seulement qu'elle tienne sa fille à l'œil.”

Sreenath, qui lisait le journal, s'était levé en soupirant et avait quitté la pièce. Il devait penser pailles et poutres. Lui-même buvait de temps en temps. Quand il en avait l'occasion, il se soûlait au point de ne plus avoir les yeux en face des trous. Si les circonstances s'y prêtaient, et que j'étais en bonne compagnie, il m'arrivait aussi de boire quelques verres. Ensuite, je me gargarisais avec autant de verres de bain de bouche et m'arrosais de déodorant comme dans une pub pour Axe.

5

Le sexe était une chose, mais ce n'était rien à côté d'un scandale sexuel. Ce vendredi-là, à la maison, l'ambiance était à la fois statique et explosive. Mes parents ont passé un long moment à ne rien faire dans le salon. Les lumières du perron sont restées éteintes jusqu'à ce qu'Amma se rende compte que cela risquait de se remarquer. La pluie avait cessé. Certains voisins se promenaient dehors.

Pendant ce temps-là, je faisais les cent pas à l'intérieur, partageant mon temps entre le salon et le palier devant la porte de Sreenath. Je n'osais pas prononcer un mot. L'air tout aussi sidéré, mes parents ne laissaient échapper que quelques marmonnements.

À vingt et une heures, Amma est partie dans la cuisine. Assis à côté d'Appa, je l'ai écoutée fouiller dans les tiroirs. Je me demandais s'il fallait lui rendre ses couteaux – dont un économe particulièrement dangereux – lorsque Sreenath est descendu.

Au pied de l'escalier, il a hésité. J'ai cru un instant qu'il allait dire quelque chose. Finalement, il est allé dans la cuisine. J'ai entendu des placards s'ouvrir et se refermer.

Appa l'avait également vu passer. Le bruit des portes a paru lui taper sur les nerfs. D'une part parce que Sreenath en était responsable ; de l'autre parce qu'il réveillait ainsi sa plus grosse bête noire. Appa nous reprochait toujours de claquer les portes ou de nous laisser lourdement tomber sur le canapé. Selon lui, c'était un manque de respect flagrant pour un confort durement acquis.

Je me suis levé et approché de la porte de la cuisine. Sree m'a ignoré. Il a continué à ouvrir et à refermer des placards, mais je ne l'ai pas trouvé particulièrement bruyant ni même provocateur.

Amma se tenait devant la cuisinière. Je ne sais pas quel scénario tiré par les cheveux lui passait par la tête, mais elle a demandé : "Est-ce que quelqu'un t'a forcé à le faire ?

— Je suis désolé, d'accord ?" Sree s'est retourné et a regardé dans sa direction. "Laisse-moi un peu de temps, s'il te plaît."

Il a ouvert et refermé quelques placards supplémentaires.

Cela pourrait donner l'impression que nous en avions dix mille, mais il revérifiait simplement le contenu des premiers. Je pense qu'il avait l'esprit ailleurs.

Après avoir continué un moment à chercher sous le regard fixe d'Amma, il s'est décidé pour une boîte bleue de biscuits au chocolat.

"Est-ce qu'on t'a forcé à le faire ?"

Sreenath s'est gratté la mâchoire et a levé les yeux au plafond d'un air agacé.

"Je t'en prie, Amma. On peut en parler plus tard ?"

Elle a eu les larmes aux yeux.

“Pourquoi tu pleures comme ça ? Il n’y a pas mort d’homme.”

C’était exactement le genre de phrase qu’attendait Appa. Il s’est propulsé du canapé et précipité dans la cuisine.

“Tiens, notre vedette de cinéma en personne.

— C’est au-dessus de mes forces, a dit Sree.

— Pourquoi ? C’est super. Je suis sûr que nous allons bientôt devenir très riches. Combien t’ont-ils payé pour ce rôle ? Dix millions ? Vingt ? Tu sais à quelle heure je suis rentré du travail hier ? Quatre heures du matin. As-tu la moindre idée de ce que ça fait ?

— Je suis fatigué, a répondu Sree d’une voix calibrée. Appa, ta réaction est ridicule et excessive. J’ai besoin d’espace là.”

C’était la tactique qu’il utilisait : il feignait l’indifférence et le dédain jusqu’à ce que nos parents se calment. Ce soir, sa tactique sonnait faux. En fait, je n’étais même pas sûr qu’il s’agisse d’une tactique.

“Ah oui ? Et de quel espace, dis-moi ? Tu veux que je te fasse construire un centre commercial ?”

Appa a remarqué la boîte dans ses mains.

“Oh, tu t’es trouvé un petit en-cas. Très bien, très bien. As-tu besoin d’autre chose ? Des chips ? Une boisson peut-être ?”

Sreenath a rougi et reposé la boîte.

“En plein air, en plus, a dit Appa. Comme une bête. Tu n’as pas honte ?”

Cette fois, mon frère s’est écrié : “Mais de quoi ? Non, je n’ai pas honte. Je n’ai violé ni volé personne. Allez tous vous faire voir.” Il a ajouté en anglais : “Quelle merde. Vous faites chier. Plein le cul de tout ça !”

Il a prononcé les derniers mots avec autant de force que s'il plantait un drapeau au sommet d'une montagne.

À l'évidence, Appa ne s'attendait pas à une telle réaction. Il s'était peut-être même attendu à ce que Sree se mette à plat ventre. De nous deux, Sreenath était celui qui lui répondait le plus, mais il venait de passer à un autre niveau. J'ai eu envie de le traîner dans sa chambre. Bien sûr, ce qu'il disait était fondamentalement vrai : il n'avait rien commis d'effroyable. Mais il aurait été plus intelligent d'envisager la situation du point de vue de nos parents. Si l'un de nous deux était présent, ils étaient du genre à changer de chaîne dès qu'une scène devenait romantique – et peu importait que les personnages ne soient pas humains ; Bugs Bunny et sa petite amie lapine avaient droit au même sort. Une longue étreinte suffisait à les mettre mal à l'aise. À la remise de diplôme de Sreenath, je les avais vus rougir en apercevant une jeune fille qui posait pour une photo assise sur les genoux d'un garçon. Mais ils n'étaient pas les seuls dans ce cas ; la plupart des personnes de leur cercle étaient comme eux, la plupart des habitants de la ville, même. Ils étaient en état de choc.

"Sors d'ici avant que je te fasse du mal", a dit Appa.

Sreenath a récupéré la boîte à biscuits et monté l'escalier. La moindre des choses aurait été de se dépêcher, mais il a pris son temps et même vérifié ses messages.

Lorsque sa porte s'est refermée, Appa est allé s'asseoir sur le sol du vestibule.

"Il est simplement tendu, lui ai-je dit. Il en voit de toutes les couleurs. Ce n'est pas facile pour lui.

— Et dire que nous venons d'acheter une voiture."

Pour la première fois de ma vie, j'ai cru que j'allais le voir pleurer. Je me suis demandé quoi faire. Il n'avait toujours pas enfilé de chemise depuis sa toilette. On aurait dit que le crapaud s'était transformé en homme des cavernes démuni : incapable de réflexion ou d'expression, seulement d'émotion et d'incompréhension.

Je me suis accroupi à côté de lui.

"Appa, je t'en prie. Ça fait partie de la vie. Ce sont des choses qui arrivent. Il faut juste que tu le prennes calmement."

Amma, qui n'avait toujours pas cessé de pleurer, s'est assise dans l'autre coin du vestibule, à quelques mètres de nous. Je lui ai lancé un regard implorant, mais elle avait quitté notre planète.

J'ai dû débiter une cinquantaine de platitudes en moins d'une minute, de "C'est dans ces moments-là qu'il faut se montrer courageux" à "La vie n'est qu'une vaste plaisanterie, Appa. Mieux vaut en rire". Je crois qu'il n'a rien écouté. Deux ou trois minutes plus tard, il a inspiré à fond et nous a laissés.

Quand je me suis relevé, ma gorge était douloureuse. Je suis retourné devant la chambre de Sreenath et j'ai frappé à sa porte.

"C'était n'importe quoi, tu sais. Mais qu'est-ce qui t'arrive ? Tu n'as donc aucune empathie ?"

Il n'a pas répondu.

"Sree, laisse-moi entrer. On va en discuter, trouver une solution.

— Tu peux trouver une solution pour dégager ?"

J'ai cogné plusieurs fois contre sa porte.

"Pauvre con.

— Dé-gage.
— Reste tout seul. Ça m'est égal."

Je suis redescendu et j'ai préparé du thé pour Appa, Amma et moi. J'ai été le seul à en boire. Plus tard, je me suis endormi dans le salon tout éclairé.

6

Au début de ma première année d'université, inspiré par le succès de Sreenath auprès d'Anita, j'ai invité une fille de ma classe à prendre un café. Elle s'appelait Fiona. Je la trouvais mignonne, mais ce qui me plaisait chez elle, c'était surtout qu'elle semblait aussi mal à l'aise que moi sur le campus.

Au café, je lui ai raconté, en plus de ma vie entière, l'intrigue d'un roman et de deux superproductions en malayalam. Fiona a pris la direction opposée. Elle a dû prononcer dix ou onze phrases en tout, sans compter sa commande au serveur. Peut-être qu'elle s'ennuyait, je ne sais pas, ou que je n'avais pas réussi à lui faire comprendre que j'espérais sortir avec elle. Du début à la fin, j'ai eu l'impression qu'elle attendait que j'en vienne au fait : un travail à lui proposer, une assurance à lui vendre, un diagnostic à lui annoncer. Nous ne nous sommes pas revus.

Elle est finalement devenue pianiste dans l'orchestre de l'université et a même joué au poste d'attaquante, comme moi, dans l'équipe féminine de football. J'aurais peut-être dû imiter Sreenath et attendre d'être en deuxième année pour l'inviter à sortir. Jusqu'à la fin de nos études, nous avons échangé des sourires en faisant comme si ce rendez-vous n'avait jamais eu lieu. Chaque fois que je la croisais, je nous imaginais élevant une couvée de joueurs de foot et je ressentais une douleur sourde.

L'historique officiel de mes rendez-vous se résumait plus ou moins à celui-ci. Il était ridiculement court, mais d'après ce que je sais, mon cas était la règle plutôt que l'exception.

Ma seule autre expérience importante me rendait assez fier. Elle était aussi beaucoup moins ordinaire puisque je l'avais vécue avec un homme, un camarade d'école et un as en histoire comme moi, qui m'envoyait parfois des liens torrent de films ou de musiques. Étudiant à Delhi, il avait dû rentrer pour une semaine parce que son grand-père était mort en courant les dix kilomètres du marathon “Bouge”. Mon ami et moi étions dans une chambre à l'étage de sa vieille maison de famille. Ses parents, également de passage, dormaient au rez-de-chaussée. Nous avions vidé une grande bouteille de vodka et fini de regarder un documentaire interminable sur le jazz lorsqu'il a commencé à me parler des salons de massage de Delhi qui proposaient des gâteries et à quel tarif. Aimerais-je une démonstration gratuite ?

Si mon père m'a appris une chose, c'est à reconnaître une bonne affaire.

Le lendemain, j'étais euphorique. Soyons clairs, je me situais et me situe toujours à l'extrémité hétéro du spectre. Cette euphorie n'avait rien à avoir avec une sorte de brusque éveil sexuel.

L'une des raisons pour lesquelles j'étais si heureux, c'était que mon ami et moi n'avions ressenti aucune gêne.

“J’espère que tu n’as pas trouvé ça bizarre, avait-il dit.

— Mais non.

— Cool. Au fait, je suis bi.

— Cool.”

Il n’y avait eu aucune phrase du type “S’il te plaît, n’en parle à personne”, “C’était une erreur” ou “Mec, j’étais tellement bourré que je ne me souviens de rien, ha ha !”

L’autre raison de mon bonheur, c’était que je n’éprouvais pas la moindre culpabilité, inquiétude, ni confusion. Je m’étais laissé porter. À mes yeux, ça prouvait que je n’étais pas un plouc.

À la maison, allongé pour une sieste de mi-matinée, j’ai entendu le lave-linge tourner, mes parents chercher des documents égarés, Sreenath crier : “Est-ce que quelqu’un s’est servi de mon Mach3 pour se raser les aisselles ? La lame est…” J’ai regardé par la fenêtre, vu la cime des cocotiers et songé que j’avais bien eu tout le monde. Une expérience pareille valait bien le double de toutes les aventures de Sree réunies, puisqu’elle était plus rare et plus raffinée – évidemment, je ne lui en ai jamais parlé. Globalement, c’était comme si je m’apprêtais à accéder à une existence plus élevée.

Le lendemain du premier visionnage de la vidéo, j’ai éprouvé exactement le contraire. On était samedi. Tout allait de travers. Depuis le canapé où j’étais couché, je voyais Amma fixer rageusement la vaisselle dans l’évier. J’ai fait semblant de somnoler et me suis rendormi. Si j’avais espéré une amélioration à mon prochain réveil, j’ai été immédiatement déçu. Amma était toujours dans la cuisine où elle foudroyait toujours la vaisselle du regard. D'habitude, nous avions terminé le petit-déjeuner depuis longtemps à cette heure-ci, mais il n'y avait personne dans le salon, et je pense qu'Amma n'avait même pas ouvert la porte pour récupérer le lait. Il devait être environ huit heures.

J'étais censé aller travailler ce matin-là, mais le journal se montrait souple avec les stagiaires. Les rédacteurs en chef préféraient même que nous évitions de venir, les bureaux étant en sureffectif. On me demandait deux ou trois articles au maximum par semaine – et ils ne risquaient pas de leur rapporter le Pulitzer. Bien que j'aie eu très envie de sortir et d'imaginer de loin que les choses s'arrangeaient, j'ai pensé qu'il valait mieux rester et parler à Sree le premier.

La veille au soir, j'avais cherché sur Google comment supprimer une vidéo sur internet. D'après ce que décrivaient la plupart des blogs et forums, la situation était peu réjouissante, surtout dans le cas des sites louches et peu connus. Par réflexe, j'avais ensuite tapé le titre de la vidéo dans le moteur de recherche et découvert trois copies à de nouvelles adresses. Les deux premières s'étaient ouvertes. La troisième nécessitait un RPV. Il s'agissait seulement des copies enregistrées sous ce titre, impossible de savoir combien il en existait au total.

Je me suis dit que ces recherches hyper pointues nous aideraient à parler, Sreenath et moi, lorsqu'il serait réveillé.

En attendant, je me suis levé et j'ai commencé mes rondes dans la cuisine.

“Où est Appa ?”

Mon arrivée a incité Amma à rincer un verre.

“Il dort.

— Encore ?

— Je suppose."

Mes parents étaient montés de bonne heure, mais ils avaient peut-être discuté un moment avant de se coucher. J'ai pensé que c'était encourageant.

"Il ne doit pas aller au magasin ?

— Aucune idée.

— Où est Sreenath ?

— Aucune idée.

— Je crois que je vais aller prendre une douche.

— D'accord.

— Amma, dis quelque chose.

— Qu'y a-t-il à dire ?

— Est-ce que tu as parlé à quelqu'un ? À Karthika ?"

Elle a secoué la tête et reniflé.

"Est-ce que ça va ?

— Oui."

À l'étage, Appa était toujours au lit, caché sous sa couverture de la tête aux pieds. La porte de Sreenath était fermée. Le temps que je me douche et me brosse les dents, Amma était montée dans leur chambre. Elle regardait par la fenêtre.

J'ai frappé le plus doucement possible à la porte de mon frère. Il a dû deviner que j'étais prêt à insister car il l'a ouverte, aussi brutalement que s'il la claquait à l'envers.

"Je voulais juste vérifier si tout allait bien."

Il a haussé les épaules d'un air exaspéré. Il avait les cheveux en pétard, comme s'il s'était transformé en Super Saiyan. Il tenait un vieux journal à la main, un accessoire probablement.

"Et Anita ? ai-je chuchoté.

— Quoi, Anita ?

— Est-ce que sa famille est au courant ?
— Nan."
Je me doutais déjà que c'était le gros problème suivant sur la liste.
"Je sèche le travail aujourd'hui.
— D'accord.
— T'as besoin d'aide ?
— Non, tout roule.
— J'ai trouvé des copies de la vidéo.
— Cool, merci."
Étrangement, il m'a adressé un salut militaire et a refermé sa porte.
"Je serai en bas quand tu te réveilleras."
Nous en sommes restés là. La maison était silencieuse.
La suite des événements me paraît toujours légèrement ridicule. Enfin, pas les événements eux-mêmes, mais la façon dont les choses se sont passées.
Après avoir laissé Sreenath, j'ai attendu en bas que quelqu'un fasse une apparition. Personne ne prononçait un mot. Vers neuf heures, j'ai finalement décidé de sortir pour appeler mon rédacteur en chef et faire quelques tours du pâté de maisons. J'ai dû m'absenter maxi dix minutes. Le temps que je rentre, il y avait eu un remaniement.
Assis dans le salon, Appa regardait fixement son journal, tandis qu'Amma était attablée devant un verre d'eau.
"Tout va bien ?"
Personne ne m'a répondu. J'ai répété ma question.
Appa s'est raclé la gorge et a tourné une page.
"Oui. Très bien."
Je suis monté à l'étage. La porte de mon frère était ouverte. Plusieurs de ses vêtements avaient

disparu. Tout comme son ordinateur portable et ses manuels.

Je suis aussitôt retourné dans le salon.

“Où est Sreenath ?

— Je lui ai demandé de partir, a répondu Appa.

— Quand ? Et pour quoi faire ?

— Je lui ai dit d’aller habiter ailleurs.”

Il parcourait toujours son journal.

Je me suis tourné vers Amma.

“Est-ce que Sreenath a fait quelque chose ?

— Il en a fait assez, a répondu mon père. Je ne me gâcherai plus la vie pour lui.

— Ce n’est pas le moment de se fâcher, Appa. Ce n’est pas raisonnable. Où va-t-il aller ?

— Pas mon problème. Il peut bien camper dehors, pour ce que j’en ai à faire. Il semble à l’aise en plein air de toute façon.”

Je me suis retenu de donner un coup de poing dans le mur et suis monté téléphoner à Sreenath. Aucune réponse. J’ai essayé de le joindre toute la matinée.

Plus tard ce jour-là, j’en ai appris davantage sur son expulsion éclair de la bouche d’Amma. Au moment où j’étais sorti, Appa et Sree avaient ouvert leurs portes en entendant celle de l’entrée pour vérifier si l’autre était parti. Appa avait alors commencé à railler mon frère qui, agacé, avait répondu qu’il allait faire un tour. “D’abord, tu nous couvres de honte, et maintenant, tu veux aller parader dans tout le lotissement ?” s’était écrié Appa. Ce à quoi Sreenath avait répondu : “J’ai besoin de trouver des femmes pour mes prochaines vidéos.” Appa l’avait giflé avant de lui lancer un ultimatum : s’il mettait un seul pied dehors, il était inutile de revenir. Cinq minutes plus tard, Sree avait mis les deux pieds dehors et était parti avec un vieux sac de voyage.

Amma m'a raconté toute l'histoire comme si elle s'était contentée de les écouter, mais la connaissant, elle avait dû faire des commentaires. En général, ses interventions ne faisaient qu'envenimer leurs disputes. Puis Appa et elle se lançaient dans leurs propres prises de tête. Tôt ou tard, je finissais par m'en mêler. Les semaines passaient. Enfin, Appa cédait et essayait de se faire pardonner. Mais elle tenait bon. Il la traitait de féministe. Elle se vexait : "Tu crois vraiment qu'une féministe te préparerait trois repas par jour et des en-cas ?" Et c'était reparti pour un tour.

Cet après-midi-là, j'ai tenté de décrire l'état d'esprit de Sreenath à travers deux portes fermées à clé – Appa s'était cloîtré dans leur chambre ; Amma occupait celle de mon frère dont elle fouillait à fond les placards. J'étais convaincu qu'il n'était ni têtu, impoli ou fier de lui, mais tout simplement secoué.

Rien à faire.

J'ai même tenté d'aborder le problème sous un angle vaguement philosophique. La nièce d'Appa ne nous avait-elle pas annoncé le mois dernier qu'elle attendait un bébé ? En réalité, ne criait-elle pas sur les toits que son mari, le banquier respecté, avait fait à peu près la même chose que Sreenath, et qu'il avait été si adroit qu'il avait créé une nouvelle vie ? Nous ne les avions pas montrés du doigt. Nous leur avions apporté des friandises. Que disaient-ils de ça ?

Je n'ai pas parlé aussi crûment, mais peu importe, ils m'ont ignoré. On n'était pas dans un film.

Dans la soirée, ils ont commencé à se disputer. La réaction d'Amma à l'expulsion de Sreenath a été étouffée par la colère d'Appa, qui lui a reproché de le dorloter, de lui donner toujours plus d'argent de poche, d'avoir soutenu sa décision d'abandonner les concours d'entrée des écoles d'ingénieur et de tolérer ses manières grossières sous prétexte qu'il étudiait pour devenir expert-comptable.

Cette querelle au sujet de notre éducation n'avait rien de nouveau, et elle avait probablement lieu dans chaque foyer du pays. Je ne mentais pas en affirmant plus tôt que Sreenath était un enfant intelligent, mais les choses avaient pris une autre tournure après le collège. Mon frère voulait étudier les lettres avant d'entrer à l'université, mais nos parents l'avaient poussé à choisir l'ingénierie, ce qui avait provoqué la dégringolade de ses notes au lycée. Pour ne rien arranger, ils le soupçonnaient de ruiner exprès ses chances de réussite, alors qu'il répétait que la charge de travail était énorme. Et il avait raison : cours dès cinq heures du matin, travail scolaire, devoirs à la maison, entraînement aux concours d'admission le week-end.

Un matin, Sree et moi avions découvert au réveil que les câbles de la télé et d'internet avaient été débranchés afin de "favoriser notre concentration". Dans le salon, mon frère s'était lancé dans un discours sur la nécessité d'être connecté pour étudier, avait traité notre maison de camp de concentration, puis il était parti chez son ami Roshan, dont la famille bénéficiait en abondance d'une connexion haut débit et vivait bien le XXIe siècle.

Il y avait passé deux douces nuits, traité aux petits soins par la mère de Roshan, jusqu'à ce que nos parents acceptent enfin de rebrancher internet, mais pas la télé.

Mais ce n'était pas un événement isolé. En fait, il se passait quelque chose de ce genre chaque semaine. Comme si ça ne suffisait pas, nos cousins qui s'étaient tous orientés vers les sciences comme Sreenath avaient de si bons résultats que c'était à croire qu'ils réussissaient juste pour nous narguer.

Deux ans plus tard, les notes des examens de Sree étaient arrivées : elles dépassaient de peu la moyenne. L'idée d'acheter un aquarium et d'élever des poissons-zèbres avait commencé à obséder Appa. Amma racontait à tout le monde que nous avions demandé une réévaluation. Mon frère a fini par étudier le commerce dans une université locale, puis la comptabilité, ce qui l'a coincé quelques années de plus à Trivandrum.

Nos parents se renvoyaient souvent la balle épineuse de sa débâcle scolaire. Les choses dont Appa accusait Amma aujourd'hui – le maternage, l'argent de poche – étaient totalement fausses.

Quand la coupe était pleine, son comportement devenait effrayant. Dès qu'Appa s'est calmé, elle a saisi une boîte d'allumettes et lancé : "Dois-je aller allumer le gaz dans la cuisine et m'immoler ? Seras-tu satisfait ? Si je suis une si mauvaise mère, cette expiation sera-t-elle suffisante ?" Elle s'est ensuite déconnectée des événements de la journée et a commencé à faire toutes les corvées imaginables, allant jusqu'à épousseter les ventilateurs de plafond.

En fin de soirée, j'ai emprunté le scooter d'Appa pour aller voir un film au Goethe-Zentrum à Palayam. Il y avait peut-être une vingtaine d'autres spectateurs dans la salle. Je me suis assis sur un siège au fond et m'y suis recroquevillé. Le film racontait l'histoire d'un homme qui se transformait en golden retriever après la mort de sa femme. C'était apparemment une sorte de méditation sur le chagrin. Parfois, j'aurais voulu que mes parents expriment leurs émotions comme ça. Qu'ils se transforment en plantes, en animaux, ou même qu'ils se lancent dans une chorégraphie de danse moderne.

Bientôt, je me suis endormi et j'ai rêvé d'étranges masses informes. Je ne me suis réveillé qu'au moment où Joy, la directrice adjointe du centre, s'est plantée devant moi.

“Monsieur, la vengeance est terminée.”

Je l'ai regardée.

“La séance est terminée, monsieur.”

De fait, la salle s'était vidée, et on avait rallumé les lumières.

“Désolé, ai-je dit en clignant des yeux.

— Merci de votre visite.”

J'avais dû venir ici un million de fois, mais cette femme était toujours aussi froide.

En sortant, j'ai enfoncé mes écouteurs dans mes oreilles et réessayé de joindre Sreenath.

À ma cinquante-cinquième tentative, il a décroché. J'ai dû attendre presque vingt-quatre heures de plus pour qu'il cède et me dise où il se cachait.

7

Le lendemain, je suis allé chez Sree pour la première fois.

Appa et Amma m'ont regardé partir d'un air indifférent, mais ils étaient certainement soulagés de savoir qu'il allait bien, où qu'il se trouve.

Sree n'habitait pas très loin, à environ vingt minutes en scooter.

C'était le début de la soirée. Les maisons du quartier étaient couvertes de moisissures, ternes et trop serrées. On aurait pu parcourir tout le secteur en sautant d'une terrasse à l'autre.

Puisque Sree ne répondait pas au téléphone, et que les numéros des ruelles avaient été visiblement distribués au hasard, j'ai dû garer le scooter et déambuler un bon moment pour trouver son adresse. Finalement, j'ai repéré une voiture que je connaissais, l'horrible Santro bleue d'Arjun, un ami de mon frère. Elle était stationnée près du portail d'une maison à un étage bâtie à l'intérieur d'une petite enceinte marécageuse. Il y avait un vitrail translucide à côté de la porte à travers lequel on ne voyait pas grand-chose. *"Bienven"*, disait le paillasson usé.

J'étais surtout venu en mission de reconnaissance, mais j'espérais que Sree serait dans un état d'esprit influençable.

Lorsque j'ai sonné, c'est Joel, un autre de ses copains, qui m'a ouvert.

Je m'étais douté qu'il serait là. Je l'aimais bien. Il passait souvent quand Appa était absent. "Comment ça va ?" demandait-il à Amma en franchissant pesamment la porte avec un sourire penaud. Joel pesait cent kilos et sa voix était tout aussi imposante. Il faisait du théâtre populaire tamoul et avait travaillé avec Sree sur divers projets de podcasts. Mon frère devait être son manager ou son producteur, je ne sais pas trop. Mais, à une époque, il l'avait aidé à monter un one man show à Kochi.

C'étaient ces domaines-là qui l'attiraient : le management, l'entrepreneuriat, la publicité, la production et l'édition – enfin, il ne me racontait jamais rien en détail. Deux fois par an, Appa tentait d'obtenir des informations par la flatterie. Généralement pendant les fêtes, lorsque ses magasins ne désemplissaient pas et qu'il était de bonne humeur. La conversation finissait toujours mal. Appa faisait des efforts, cela dit : il écoutait, posait des questions et hochait la tête. Il s'écoulait au moins une demi-heure avant qu'il ne se gratte les oreilles et commence à expliquer que l'argent ne poussait pas sur les arbres.

Joel a paru se demander ce que je faisais là, mais pas plus d'une ou deux secondes.

"Salut, mec, a-t-il dit, avant de sourire. Sree, c'est ton frère. Ça y est, ils nous ont retrouvés."

Cette introduction m'a déplu, mais je n'ai rien dit. Il a fait un pas de côté pour me laisser entrer.

Contrairement à ce que laissait penser l'extérieur, l'intérieur de la maison venait d'être repeint. Tout était si nu et blanc que je me suis cru un instant au paradis. Dans l'air flottait une odeur de térébenthine qui m'est montée tout de suite au nez et m'a instantanément donné la migraine.

Sree était dans le salon. Même si je n'imaginais pas le trouver seul, je ne m'étais pas attendu à découvrir une population aussi dense. C'est la présence d'Anita qui m'a le plus surpris.

Il y avait quatre autres personnes : deux filles et deux mecs, des copains de fac de mon frère – Arjun, le propriétaire de la Santro bleue, et Thomas. J'entendais sans arrêt parler d'Arjun parce qu'il aimait bien être en colère. Sree prétendait que c'était un gars brillant qui se faisait passer pour un cancre. Il attachait ses cheveux longs en chignon et semblait arborer un rictus en permanence. À cause de sa coiffure et de la présence de deux autres Arjun dans leur classe, on surnommait celui-ci Arjun Samouraï.

Je pense que Thomas était plus proche de lui que de mon frère. Je l'ai rarement recroisé plus tard. J'ignorais totalement qui étaient les deux filles. Cela faisait beaucoup d'un seul coup, mais Sree s'est contenté de me faire un signe de la main.

"Salut", ai-je répondu.

Il portait le même t-shirt que quand il avait quitté la maison. Avec une image craquelée du mont Everest.

"Est-ce que ça va ?" ai-je demandé.

Il a levé les pouces.

"Ouaip."

Tout le monde était installé sur deux nattes de paille séparées par un journal ouvert. Sreenath était assis sur la plus grande près de l'entrée de la pièce, tandis qu'Anita était sur celle d'en face, adossée au mur. Elle n'avait pas changé depuis la vidéo, ou peut-être qu'elle avait l'air un peu plus âgé. Même queue de cheval, mêmes lunettes rectangulaires en plastique. Après avoir vu ce que je n'aurais pas dû voir, j'avais l'impression de continuer à violer son intimité rien qu'en étant près d'elle.

Elle m'a fait signe. J'ai traversé la pièce comme une flèche, la main tendue. Presque comme si je voulais lui planter une lance dans le corps.

"Comment ça va ?" ai-je demandé d'un air triste.

Elle m'a serré la main.

"Pas trop mal, merci. Et toi ?

— J'essaie de comprendre ce qui se passe. Tu vois, quoi."

Nous avons échangé un signe de tête, puis j'ai reculé jusqu'à ce que je me rende compte que j'étais au milieu de la pièce. Je me suis décalé sur le côté. Afin d'oublier la fille de la vidéo, j'ai essayé de revoir celle qui lisait aux toilettes, la dessinatrice humoristique, la rédactrice en chef d'un magazine et la petite amie de Sreenath.

Trente secondes plus tard, le groupe avait oublié mon existence. Lorsque j'ai demandé à lui parler en privé, Sree a répondu qu'il arrivait tout de suite. J'ai voulu interroger Joel du regard, mais il s'est contenté de sourire. C'était dans combien de temps, tout de suite ?

Tout le monde a passé la demi-heure ou les trois quarts d'heure suivants à échanger des théories sur un cambriolage qui avait eu lieu dans le quartier : des types avaient percé le mur d'une banque, mais n'avaient apparemment rien volé.

Les plaisanteries fusaient. L'air était irrespirable à la maison, je m'étais attendu à trouver l'ambiance moins joyeuse. Dans ces conditions, ça sonnait faux.

Anita paraissait calme, elle aussi, même si elle n'arrêtait pas de verrouiller et déverrouiller son portable. Pas bavarde, mais pas effondrée non plus. Sa plus longue prise de parole a eu lieu lorsqu'elle s'est énervée en racontant que deux de ses camarades de classe qui sortaient ensemble avaient échangé les mots de passe de leurs comptes Facebook et envoyé des messages à leurs amis communs en se faisant passer l'un pour l'autre. La conversation tournait autour des atteintes à la vie privée.

"Ils m'ont raconté cette histoire en pensant que je trouverais ça très mignon. Quand je leur ai répondu que ce qu'ils faisaient à leurs amis était assez horrible, ils ont commencé à m'expliquer en long et en large que ça leur permettait de mieux se comprendre. Et même de mieux comprendre le sexe opposé."

Elle a paru déçue de la tiédeur des réactions, mais Sree a ajouté : "Ils ont appelé ça entrer dans la peau de l'autre."

J'ai déambulé dans la maison. Il n'y avait pas des masses de meubles : une table en bois, une chaise en plastique fendue, un matelas plié. Le sac de Sree avait atterri dans la chambre vide en traçant une queue de comète sur le sol poussiéreux.

Le sujet de la vidéo n'a été abordé que deux fois.

La première, lorsqu'Arjun a surnommé Sree et Anita "le roi et la reine du porno", des mots prononcés avec nonchalance et reçus de la même façon, qui n'ont pas perturbé le fil de la discussion. Tous deux semblaient encourager ce genre de chose.

Un moment plus tard, j'ai entendu Sree parler de la mère d'Anita qui déployait un zèle inouï pour surveiller sa fille. Il leur était presque impossible de se retrouver seuls, à plus forte raison dans une chambre. Il n'est toutefois pas allé jusqu'à la rendre responsable de l'incident de la vidéo.

Sree réagissait au fait qu'Anita était sortie répondre à un appel de sa mère. Je l'écoutais depuis la cuisine où je commençais à me lasser d'attendre, agacé de voir qu'ils avaient fait assez de provisions pour un long séjour.

En matière de reconnaissance, j'ai eu plus de succès en proposant à la fille qui voulait sortir s'acheter des cigarettes de l'accompagner.

Elle s'appelait Dhruti et étudiait en master avec Anita et Meghna – l'autre fille –, mais elles étaient devenues amies avant, lorsqu'elles s'étaient croisées à un festival interuniversitaire. Dhruti avait la peau claire et une chevelure ondulée qui lui effleurait les épaules. Elle semblait aussi énergique que sa petite sacoche dont la sangle était couverte du mot *Baggu. Baggu Baggu Baggu Baggu.* On aurait dit qu'elle bondissait sur le chemin – elle marchait à grands pas malgré ses petites jambes.

"La situation doit être si difficile pour toi, a-t-elle dit. Tu t'en sors ?

— Ouais, c'est un peu foireux." J'ai décidé de ne pas craquer. "Je suis surtout inquiet pour Sree. Et pour Anita."

Il était dix-huit heures passées, mais le sol chauffait encore et les nuages étaient toujours orange. Nous marchions au milieu des tessons de bouteilles et de l'herbe sale qui poussait avec vigueur grâce au débordement généreux de l'égout voisin à chaque mousson. À part un cycliste occasionnel prenant un raccourci, il n'y avait personne sur la route.

“Après avoir découvert la vidéo, elle a dormi genre trois jours d’affilée, a dit Dhruti. Mais bon, c’est une battante. Ce sont deux battants. Ils vont bien.

— J’arrive à peine à joindre Sree.

— Il s’est passé beaucoup de choses. Il a fallu trouver une maison, beaucoup cavaler, et puis on est allés au commissariat aujourd’hui, tu sais ? Un de mes amis y travaille. Il essaie de faire supprimer la vidéo du site. On verra bien.”

Elle a plaqué les bras contre ses flancs et haussé les épaules, l’air de dire qu’il était trop tôt pour la remercier.

À la petite échoppe au bord de la route, elle a acheté des cigarettes et des bonbons à la menthe. J’avais commencé à l’interroger sur la famille d’Anita. D’après ce que je savais, sa mère avait un poste de comptable, tandis que son père était une sorte d’assureur. Dhruti m’a appris que toute la famille habitait dans une grande maison à Pettah, grands-parents compris.

“Franchement, ses parents m’ont eu l’air sympa. J’ai dîné une fois chez eux, et je les ai trouvés, quoi, normaux. Mais dans la situation actuelle, comment savoir ?

— Tu ne devrais vraiment pas fumer, petite, lui a dit le vendeur.

— C’est vrai. Merci.”

Elle m’a demandé si je voulais une cigarette, en a allumé deux et m’en a tendu une. Le filtre blanc de la Marlboro était taché de pixels de gloss rouge.

Elle a soufflé la fumée en relâchant les épaules.

“Ouf. J’en rêvais depuis des heures.”

Pendant ce trajet, j'ai également appris que la maison occupée par Sree appartenait à l'oncle de Meghna, qui vivait au Qatar. Les anciens locataires étaient partis quelques mois plus tôt, et les suivants se faisaient attendre. Entretemps, elle avait été squattée. Avant de sortir, j'avais entendu Meghna répéter aux autres qu'ils ne devaient pas faire trop de bruit. Cette grande fille maigre donnait l'impression de battre des ailes quand elle parlait. "S'il vous plaît, les gars, moins fort", disait-elle, avant de s'excuser de jouer les bibliothécaires. Le fait de devoir s'excuser l'agaçait sans doute encore plus, car elle avait fini par s'asseoir en boudant.

À mon retour, seuls Sree et Anita n'avaient pas bougé de leurs nattes. Les autres étaient penchés sur un sac de trucs à grignoter posé sur la table. Dhruti a donné le paquet de cigarettes à Anita et les a rejoints. Seule, celle-ci paraissait beaucoup plus petite. Elle a encore rapetissé quand elle s'est ramassée en boule, les genoux contre la poitrine.

Je me suis assis à côté de Sreenath.

"Tu reviens quand ?"

Je ne savais pas très bien comment Appa réagirait, mais si je parvenais à convaincre Sreenath de rentrer, ce serait toujours une première étape.

"Je ne mettrai plus les pieds là-bas. Tu sais ce qu'il a fait avant que je parte ?

— Amma m'a raconté. Il t'a giflé.

— Il y a longtemps que j'aurais dû partir.

— Sree, nos parents manquent peut-être de jugeote, mais pas toi. Reviens et on trouvera une solution."

Il a secoué la tête.

"Il n'y a aucune solution à trouver. Ils sont devenus fous. Tu parles d'une façon de réagir."

Je n'ai pas pris la peine de lui donner mon avis sur la bonne façon de réagir.

"Ils sont comme ça. Tu les connais."

J'ai regardé Anita dans l'espoir qu'elle pacifie les choses, mais elle était occupée sur son téléphone.

"J'ai un devoir à rendre demain, a-t-elle dit en me voyant la dévisager. Et je viens de m'apercevoir que j'ai oublié de traiter toute une partie du sujet.

— T'auras le temps de le faire ce soir ? a demandé Sree.

— Ça m'étonnerait. Je suis bien partie pour avoir une mauvaise note.

— C'est le devoir qui compte pour vingt pour cent ?

— Ouais. Preethi m'en veut déjà à mort parce que je rends tout en retard.

— Je crois qu'elle adore te faire des faveurs. T'es carrément sa chouchoute."

Ils ont poursuivi sur ce ton pendant trois ou quatre minutes. J'ai trouvé qu'ils avaient du culot de faire comme si ce devoir était leur plus gros problème et que tout le reste était déjà de l'histoire ancienne.

J'ai demandé à Anita si elle devait aller à l'université le lendemain.

"On n'a que des devoirs et le mémoire à rendre maintenant. Y a plus grand monde qui y va.

— Est-ce que tu dors ici ?"

Je savais que c'était impossible. J'espérais juste qu'elle conseillerait à Sree de rentrer lui aussi.

Elle avait allumé une cigarette et tirait longuement dessus. Après avoir aspiré à peu près tout l'air de la pièce, elle a toussé et répondu : "Non. Je ne faisais que passer.

— Chacun rentre chez soi, ai-je dit à mon frère.

— Joel, mon pote, tu peux m'expliquer pourquoi tu l'as laissé entrer ? a-t-il crié en direction de la table.

— Il était trop fort, mec."

Sreenath s'est tourné vers moi.

"Écoute, je suis très bien ici. Laisse-moi tranquille.

— J'ai découvert des copies de la vidéo.

— Je sais, tu me l'as déjà dit.

— Mais qu'est-ce qui va se passer maintenant ? ai-je chuchoté. Qu'est-ce qui va se passer quand la famille d'Anita sera au courant ?

— Pour commencer, tout le monde va se calmer, a-t-elle dit. Tout ira bien."

Dhruti nous avait rejoints, un feuilleté à l'œuf dans la main.

"Tu devrais peut-être tout raconter à tes parents, histoire d'en finir, non ?

— Dhruti, ton père et ta mère sont des personnes charmantes. Ne fais pas comme si tu comprenais les problèmes du commun des mortels.

— D'accord. C'est vrai qu'ils sont plus compréhensifs qu'avant, mais ce n'est pas toujours rose. Je sais ce que tu vis. Je crois quand même que tu devrais tout leur raconter et prendre position. C'est comme ça qu'ils changeront d'avis.

— C'était ton instant Marie-Antoinette. Dhruti-Antoinette."

Dhruti a soupiré, lui a tapoté l'épaule et est retournée à la table.

"Sree, tu devrais rentrer à la maison pour le moment, ai-je dit. Ce serait une façon de prendre position.

— Va te faire foutre.

— Appa et Amma pensent bien faire, je t'assure.

— Oui, ma joue peut en témoigner. Mes oreilles bourdonnent encore.”

Sree a poursuivi en énumérant les autres fois où nos parents avaient été atroces, y compris celle où Appa nous avait abandonnés sur une colline nommée tanière du Léopard pendant une sortie en famille, celle où Amma avait jeté nos déjeuners de la fête d'Onam à la poubelle, le fiasco de ses études d'ingénieur, évidemment, et celle où Appa avait arrêté de lui parler parce qu'il avait participé à une manifestation LGBT.

“Pourquoi te mêles-tu des affaires des autres ? lui avait-il demandé. Si un de ces soi-disant meetings dégénère, tu crois qu'ils vont se soucier de toi ?”

Sree l'avait traité d'homophobe. Appa pensait que c'était une sorte d'instrument de musique, mais il s'était vexé, au cas où.

J'ai gardé le silence quelques secondes ; puis, d'un ton que je pensais plus léger, j'ai répondu : “Chaque famille a ses problèmes, Sree. Tolstoï lui-même l'a dit.

— Tolstoï n'a qu'à aller habiter avec Appa et Amma.”

À nouveau, j'ai regardé Anita, mais toujours aucun soutien.

Quant à la litanie de plaintes de Sreenath, que pouvais-je bien répondre ? Il était impossible de nier que tout cela était arrivé. Évidemment, j'étais certain qu'il ne détestait pas autant nos parents qu'il essayait de s'en convaincre. C'était tout de même lui qui, deux ou trois ans plus tôt, passait la moitié de la nuit à chercher de nouvelles stratégies commerciales lorsque notre entreprise rencontrait des problèmes.

Anita a écrasé sa cigarette.

“Il faut vraiment que j’y aille.

— Je pense qu’il est temps que tu rentres, toi aussi”, m’a dit Sree.

Sans répondre, j’ai cherché les clés du scooter dans mon sac à dos.

Avant de partir, elle l’a longuement serré dans ses bras. Je crois que je suis tombé amoureux d’elle pendant quelques secondes – ou plutôt de l’idée d’être amoureux d’une personne comme elle. Cette étreinte semblait cimenter un pacte entre eux, ou peut-être était-ce un geste de résilience.

Sreenath lui a demandé de l’appeler quand elle serait rentrée. Elle a souri et dit au revoir à tout le monde.

Dehors, les nuages orange avaient disparu. Il faisait nuit. J’ai roulé un moment à travers la ville et même fait quelques courses. Je suis rentré épuisé à Blue Hills. Il était presque vingt heures. Notre maison était la moins éclairée du quartier. Amma était assise à table devant un manuel de sciences physiques, tandis qu’Appa regardait un vieux Disney qui passait à la télé dans le salon. Il avait un faible pour ce genre de programme.

“Je viens de voir Sreenath.

— D’accord.

— Il ne va pas bien. Tu devrais lui parler.

— Je n’ai plus rien à lui dire.”

À l’écran, un prince courait après un cheval.

J’ai réessayé plusieurs fois de lui parler. Amma est partie dans la salle de bains en pensant que ce serait bientôt son tour. Exaspéré, j’ai décidé de laisser tomber.

Plus tard, j'ai envoyé des invitations à Dhruti, Meghna et Arjun sur Facebook – je suivais déjà Joel. Anita aussi. De toute façon, son compte était public. Elle y postait surtout des dessins humoristiques à la R. K. Laxman sur la vie de campus et la politique, ou des avis détaillés sur différents articles de matériel d'art. Son compte avait près de huit mille abonnés.

J'ai fait défiler toute sa page. Quelques photos d'elle. Aucune de sa maison. Rien qui me permette d'en savoir plus sur sa famille.

II

INTERNET N'EST PAS UN FRIGO

8

Les jours suivants, une ambiance subaquatique a régné à la maison : paroles à peine audibles, mouvements au ralenti, absence de lumière.

Au lieu d'aller travailler, Appa s'est réfugié derrière une barricade de classeurs et de dossiers dans sa chambre. À son tour, Amma s'est installée devant la télé et ne nous a plus adressé la parole. Même si je sortais couvrir un événement pour le journal de temps en temps, j'avais toujours l'impression de vivre en état de siège.

Le lendemain de ma visite à Sreenath, il y avait eu une petite fête d'adieux chez Trisha, une de mes amies de fac. Elle abandonnait son stage actuel pour un autre plus prestigieux à Bombay. Son oncle avait fait jouer ses relations. Elle envisageait déjà de demander un visa pour partir étudier dans une université anglaise. Tout était planifié.

Dans mon lit, je n'ai pas pu m'empêcher de l'imaginer sautant dans un taxi noir à la sortie de l'avion. Les bâtiments anciens, les trottoirs propres, les trains à grande vitesse, les gens polis. Subitement, j'aurais tout donné pour aller vivre dans un autre pays. De mon point de vue, les problèmes que nous affrontions, ces choses insignifiantes, cette confusion inutile, ne pouvaient que s'amplifier démesurément dans une ville comme la nôtre.

Le soir de la fête, j'étais si obsédé par l'idée de partir que j'avais attribué des propriétés particulières à Trisha. Elle semblait rayonner dans la pénombre de fin de soirée. La fête avait lieu en plein air chez ses parents à Kowdiar. Sa famille ressemblait à celles des publicités télévisées. Chaque fois qu'elle disait quelque chose comme "Ma mère est ma meilleure amie", je les visualisais l'une brossant les cheveux de l'autre dans leur salle de bains. Et son père n'était jamais loin – il se brossait probablement les cheveux avec elles.

J'ai voulu prendre Trisha à part pour l'inviter à sortir avec moi. Ensuite, je pourrais l'appeler et lui envoyer des messages en Angleterre. Mais son petit copain me dévisageait. C'était un vrai paranoïaque. Si vous adressiez plus de trois mots à Trisha, il devenait votre meilleur ami gratis. Je suis parti lorsqu'il s'est faufilé jusqu'à moi et a commencé à me dire que nous devrions aller voir un film tous les trois un soir. Sur le chemin du retour, la ville m'a paru encore plus petite.

Les nuits suivantes, j'ai à peine dormi. Le matin, je me réveillais de mauvaise humeur et donnais des coups de pied rageurs dans ma couverture jusqu'à ce qu'elle tombe par terre.

Dans une telle situation, l'esprit se met naturellement à vous jouer des tours. À travers la fenêtre, nos voisins paraissaient plus joyeux que d'habitude. Il faisait un temps superbe. Partout, les fleurs s'épanouissaient et les jardins débordaient de verdure.

Les adolescentes du 17, deux filles que j'avais toujours crues allergiques au soleil et au sport, ont commencé à jouer au badminton devant leur maison. Pendant une semaine entière, on n'a plus entendu que l'impact du volant qu'elles se renvoyaient d'un côté à l'autre. Elles s'entraînaient tout le temps. À croire qu'elles préparaient les championnats nationaux.

Les gens se sont mis à se promener plus souvent que d'habitude, tous vêtus de couleurs gaies comme pour une fête estivale. Je remarquais qu'ils regardaient fixement notre maison à chaque passage. Nous habitions au fond d'un cul-de-sac à l'arrière de Blue Hills, mais même ceux qui vivaient à l'avant élargissaient leur orbite pour parvenir jusqu'à nous. Nous étions devenus des bêtes curieuses.

Je n'étais pas le seul à l'avoir observé ; le plus souvent, c'était Amma qui écartait les rideaux et marmonnait dès qu'elle entendait des pas ou des voix.

Son état se dégradait. Le lendemain du départ de Sreenath, elle avait téléphoné à la mère d'Appa et à ses propres parents pour s'assurer qu'ils n'étaient au courant de rien. Ensuite, elle avait appelé un peu partout à Blue Hills sous prétexte qu'elle cherchait un colis égaré. "Et à part ça ? Tout va bien ?" demandait-elle avant de raccrocher.

Plus tard dans la semaine, elle a transféré une vidéo sur le groupe WhatsApp de Blue Hills. On y voyait une pieuvre serrer la main d'un plongeur. Elle l'avait envoyée vers seize heures, mais il était bien après vingt-deux heures lorsque quelqu'un a répondu par un pouce levé. Entre-temps, elle avait infligé toute forme de maltraitances imaginables à son portable, allant jusqu'à le cacher sous un coussin du canapé et s'asseoir dessus. À mon avis, l'absence de réaction ne signifiait pas que nos voisins l'ostracisaient. Néanmoins, elle n'a pas pu s'empêcher d'y voir un signe.

Puisqu'elle avait annulé tous ses cours particuliers et même demandé à la femme de ménage de ne pas passer, j'ai supposé qu'elle éviterait sa réunion hebdomadaire. Mais le vendredi suivant, elle s'est mise sur son trente et un encore plus fébrilement que de coutume et m'a bombardé des questions habituelles.

Je lui ai demandé si elle était sûre de vouloir y assister.

"C'est une réunion de collecte de fonds, a-t-elle répondu en retouchant sa coiffure devant le miroir du vestibule. Ils s'attendent à ce que je vienne."

Deux ans plus tôt, Amma et plusieurs habitants du lotissement avaient mis en place une cagnotte annuelle destinée à une école défavorisée de Vattiyoorkavu. Elle considérait cette collecte comme un des accomplissements les plus importants de sa vie.

À son retour, deux heures plus tard, je lui ai demandé comment s'était passée la soirée.

"Bien. Bonne première réunion."

Au bout de quelques minutes, j'ai appris qu'elle s'était engagée à faire un don de cinquante mille roupies – environ dix fois la somme habituelle, et bien plus que ce que nous pouvions offrir.

"Est-ce qu'Appa est d'accord ?"

Elle m'a envoyé balader.

"À quoi sert l'argent ? À quoi bon l'amasser ?"

J'ai été surpris d'apprendre que c'était ce que nous faisions.

Karthika nous a rendu visite un peu plus tard. Le salon était en désordre. Il y traînait une quantité de tasses tachées d'un rond de thé, de sachets de beignets huileux, de brochures tombées des pages de journaux, ainsi qu'un fer à repasser.

Au tintement de la sonnette, je me suis arrêté dans l'escalier et j'ai regardé Amma ranger le plus vite possible. Dehors, il pleuvait. Lorsqu'elle a ouvert la porte, Karthika s'est précipitée à l'intérieur, a planté son parapluie contre le mur et s'est tournée vers le salon sans y être vraiment invitée.

Pendant une dizaine de minutes, elle a promené ma mère attentive sur un chemin sinueux, parlant de la météo, des coupures d'électricité, du remaniement ministériel, jusqu'à ce qu'elle arrive au sujet du don.

"Nous ne pouvons pas l'accepter. Ce ne serait pas correct."

Il y a eu un silence.

"Qu'est-ce qui ne serait pas correct ?

— Avec tout ce qui se passe en ce moment… C'est une somme trop importante.

— Il ne se passe rien, Karthika."

J'ai imaginé ma mère affichant un sourire perplexe.

"On dirait que tu n'es pas dans le bon état d'esprit, c'est tout."

Comme Amma ne réagissait pas, Karthika a poursuivi.

"Tu as fait de ton mieux. Ce sont des choses qui arrivent."

Cette phrase était peut-être censée la réconforter, mais elle semblait également sous-entendre qu'elle avait échoué quelque part. Le silence qui a suivi était si dense que les Israéliens auraient pu s'en servir de bouclier antimissile.

Karthika n'en avait pas pour autant terminé.

"Tu n'as vu aucun signe ?

— Comment ça ?
— Est-ce qu'il avait des problèmes à la maison ? Est-ce qu'il passait plus de temps dehors ? Ce genre de comportement, c'est souvent dû à leurs fréquentations."

Amma n'a pas réagi. Que répondre de toute façon ? Quels signes auraient bien pu exister dans le cas de Sreenath ? Ce n'était pas comme s'il avait suivi des cours de pilotage et fait des recherches sur les gratte-ciels sur Google avant de s'enfuir pour rejoindre al-Qaida.

"Où est-il en ce moment ?
— Il habite ailleurs. Seul.
— Vu les circonstances, vous avez fait ce qu'il fallait. Même avec ma fille, j'aurais…"

Amma l'a interrompue avant qu'elle se lance dans son éloge.

"Écoute, j'ai quelques questions commerciales à régler. Puis-je passer te voir plus tard ?"

La fille de Karthika étudiait la médecine à AIIMS. Son portrait avait été publié avec ceux d'autres premiers de la classe dans le journal pour la publicité d'une école de coaching. *La Vibrant Academy félicite ses étudiants, les esprits les plus brillants du pays !*

"Et je ne pense pas que mon don soit trop important. C'est moi qui ai créé cette cagnotte. Un don unique de ce montant peut avoir un impact bien plus fort qu'une poignée de petits. Je crois que chacun devrait revoir celui qu'il a promis. Je voulais simplement donner l'exemple. Mais merci de t'en être souciée."

Cette fois, c'est Karthika qui a gardé le silence. J'aurais préféré qu'Amma se montre moins sévère, car c'était une de ses plus proches alliées.

“Je comprends, a-t-elle finalement répondu. Oui, je vois ce que tu veux dire.”

Je les ai entendues se lever et elles sont apparues dans le vestibule.

“Bref.”

Karthika a pris les mains d'Amma dans les siennes quelques secondes comme pour lui présenter ses condoléances et m'a adressé un signe de tête avant de partir.

Personne n'ignorait qu'elle avait toujours détesté Sreenath. Elle devait le trouver impoli – il ne prenait jamais la peine de lui dire bonjour, coucou, ni rien. Il s'était en outre moqué de sa fille lorsqu'elle avait organisé une fête d'Halloween à Blue Hills et tenté de nous faire sonner à toutes les portes en criant “Des bonbons ou un sort ?” Elle venait alors de terminer son premier semestre à AIIMS, et même moi j'avais compris qu'elle voulait seulement parader dans le quartier pour que nos voisins la couvrent de compliments. “Pas besoin d'un déguisement parfait !” avait-elle dit.

La visite de Karthika n'est pas restée sans conséquence. Amma a cessé ses pèlerinages dans la chambre de Sreenath et semblé se détendre à l'idée qu'il ne soit plus là. Elle m'a tout de même interrogé une ou deux fois. “Est-ce qu'il se nourrit ? Est-ce que quelqu'un lui apporte à manger ?”

Je lui ai répondu que non, il allait probablement mourir de faim ou de la dysenterie.

“Peut-être qu'il finira dans un gang de chiffonniers. Ou que tu le trouveras un jour en train de mendier devant un temple.”

C'était absurde. Sree n'était pas un enfant de cinq ans porté disparu.

“Si c’est ce qu’il souhaite, a-t-elle répondu. Je n’y peux rien, n’est-ce pas ?”

Amma passait facilement pour une femme au tempérament doux. Il suffisait pourtant de l’observer, même un tout petit peu, pour voir qu’elle n’était pas tellement différente d’Appa. Qui se ressemble s’assemble, comme on dit. Mes parents accordaient beaucoup d’importance à la vie qu’ils s’étaient construite, même si, pour moi, c’était de la poudre aux yeux. Je continuais à penser qu’ils n’étaient qu’à un mot ou deux du divorce.

9

Cette période me rappelait beaucoup celle où nous louions un logement dans un quartier miteux de la ville, avant d'emménager à Blue Hills. Nous détestions vivre là-bas. La maison était vieille, son toit en pente abritait des civettes palmistes et le compteur électrique se la jouait goutte-à-goutte. Le sol était une mosaïque de carreaux et presque tout le reste était fait de bois humide. Nous vivions entourés d'insectes du jurassique. Des sauterelles. Des papillons de nuit. Des scarabées impossibles à chasser d'une pichenette – ils étaient si énormes que vous ne réussiriez qu'à pulvériser leurs espoirs et leurs rêves.

Appa et même Amma semblaient encore plus occupés. Pendant la journée, elle transcrivait des textes à la maison pour une entreprise étrangère qui payait par virements en dirhams. Le soir, elle s'asseyait sur son lit et vérifiait les comptes du magasin en attendant le retour d'Appa. Ensuite, ils élaboraient des stratégies jusqu'à deux ou trois heures du matin : quel banquier approcher dans quelle banque. Comment obtenir une prolongation du bail. Quelles erreurs éviter à l'avenir.

Nous avons dû habiter près de neuf ans dans cette maison où j'ai passé une partie de mon enfance.

Pendant longtemps, tout a semblé aller de travers, nous n'avions plus prise sur rien. Appa nous envoyait à l'école avec des prospectus promettant une remise spéciale aux parents. Nous ne les distribuions pas. Enfin, pas moi. Sree trouvait parfois que cette mission ajoutait de la profondeur à son personnage. Il allait voir son institutrice et demandait : "Madame, est-ce que je peux distribuer ces prospectus, s'il vous plaît ? Cela aiderait beaucoup mes parents." Les professeurs l'adoraient.

J'essayais quand même de leur être utile par d'autres moyens. Au cours des discussions houleuses, je restais à table et embêtais Amma avec mes suggestions. Je n'allais pas me coucher tant que les autres étaient debout. Il m'arrivait d'acheter un billet de loterie après l'école. Je suis également passé par une phase où je volais le matériel de mes camarades de classe pour le stocker parce que cela me calmait. Que ce soit clair, nous n'avons jamais été fauchés à ce point. Selon le discours officiel, nous gérions nos ressources de façon à grimper le plus haut possible. Je n'ai jamais vu mes parents mendier. Il n'a jamais été question de nous envoyer dans une autre école, sans terrain de football, club de théâtre ni *Anglais obligatoire dans les couloirs*. Lorsque nous avions besoin de quelque chose en urgence, nous y regardions à trois fois, mais finissions par l'acheter. Cette situation a duré plusieurs années.

Puis lentement, mais sensiblement, elle s'est améliorée. Les affaires ont commencé à aller mieux et nos revenus se sont stabilisés. Nous pouvions désormais manger dehors une ou deux fois par mois. Davantage de gens nous rendaient visite et nous invitaient chez eux. Sreenath a cessé de menacer de fuguer pour plaisanter.

Ce n'était pas qu'une question d'argent, cependant. Nous nous étions débarrassés d'une sorte d'aura. Nous étions plus détendus et moins vigoureux, moins querelleurs.

Le jour de notre emménagement à Blue Hills a été l'un des plus beaux de notre vie. Le sentiment d'expansion était si vertigineux qu'Appa s'est allongé sur le sol en marbre froid et a crié en direction du plafond pour tester l'écho. Cette maison n'était pas beaucoup plus grande que la précédente, mais je crois que nous avions tous l'impression de nous défaire d'une ancienne peau et de devenir des personnes meilleures. Les fenêtres étaient hautes, la cuisine moderne, l'air circulait facilement.

Avant le déménagement, Amma s'était offert un soin du visage dans un vrai salon de beauté. Elle a salué nos nouveaux voisins avec un sourire radieux. Elle avait même acheté des friandises qu'elle a distribuées à toutes les personnes qu'elle croisait dans le lotissement, y compris le jardinier et les gardes.

Ce soir-là, tandis que nous étions assis dans le salon après le dîner, Appa a déclaré : "Quand j'étais petit, c'est exactement dans ce type de maison que je me voyais vivre un jour.

— Merci qui ? a demandé Amma avec un grand sourire. Qui a insisté pour l'acheter ?"

Comme pour la voiture des années plus tard, mes parents avaient contracté un gros emprunt pour acheter la maison de Blue Hills, pensant sans doute que Sree et moi les aiderions à le rembourser. Ils étaient néanmoins très fiers.

Et quand Appa était fier ou hésitait à l'être, il parlait de son enfance. Aucun de nous n'ignorait qu'il avait grandi en ville, non dans un village reculé, et que sa famille, quoique financièrement limitée, ne vivait pas sous le seuil de pauvreté. Mais quand il en parlait, il avait tendance à exagérer la difficulté de ses premiers pas dans la vie. En gros, le héros de *Slumdog Millionaire*, c'était lui.

J'avais souvent le sentiment qu'à ses yeux, Sree et moi, comme beaucoup de gens en fait, n'étions pas suffisamment impressionnés par ce qu'il avait accompli.

"Attendez d'être adultes, disait-il parfois. Il n'y a aucune échelle, vous verrez."

Amma radotait le même style de rengaine sur les difficultés à s'occuper d'une famille. Celle-ci se limitait généralement à deux mots suivis d'un soupir. "Les compromis", disait-elle par exemple. Ou bien : "Les sacrifices." Ou encore : "La vie." Sree et moi nous amusions à l'imiter en prononçant des mots au hasard sur le même ton. "Le climat", lâchait-il avec un soupir. "Joseph Staline", disais-je, avant de soupirer encore plus profondément.

10

Entre-temps, la Civic était devenue un problème pour Appa. Peu après le départ de Sree, il était allé la couvrir discrètement de sa housse argentée sous l'abri. Chaque fois que j'entrais dans sa chambre, je le trouvais en train de la contempler par la fenêtre.

Je suppose qu'il la considérait comme une stupide erreur de jugement, la preuve de sa confiance excessive en l'avenir. Peut-être imaginait-il que les gens regardaient notre maison en murmurant : "Quel dommage."

Le samedi suivant, il est arrivé chargé de bouteilles qui tintaient dans un sac en plastique noir. C'est moi qui lui ai ouvert. Nous étions peu à peu sortis de notre état de siège, mais le climat restait instable.

"Qu'est-ce qu'il y a dans ce sac ? ai-je demandé, même si je le savais déjà.

— Du whisky."

J'ai tenté de garder mon calme. Puisqu'il s'attendait visiblement à une réaction, j'ai feint l'indifférence et l'ai laissé passer sans lui poser plus de questions.

Mon attitude a dû l'agacer, car il s'est écrié : "Pourquoi devrais-je être le seul à vivre raisonnablement ?"

Amma est passée du salon à la cuisine.

“Toute ma vie, je me suis efforcé d’être un bon mari et un bon père. Chaque soir, on m’a invité à boire. Absolument chaque soir. Et savez-vous ce que je répondais ? « Non, je dois rentrer. » Mais à quoi bon ? Pourquoi serais-je le seul à obéir aux règles ?”

La simple proximité de ces bouteilles semblait le soûler. Mais toute l’histoire s’est arrêtée là. Il les a abandonnées sur le plan de travail de la cuisine où elles ont bientôt fait partie du décor. Il s’est avéré plus tard qu’il ne les avait même pas achetées. Le sac avait été oublié par un client dans une cabine d’essayage.

Le lendemain, Amma m’a demandé de lui apporter son déjeuner au magasin.

Depuis la fermeture de celui d’Ernakulam, Royal Textiles ne possédait plus que deux points de vente, l’un et l’autre à Trivandrum. Ce n’était pas une grande entreprise, loin de là, mais elle existait depuis un certain temps, et j’aimais penser qu’elle s’était fait un nom dans la région. Le magasin où Appa travaillait ce jour-là était un bâtiment étroit et trapu à un étage. Dans la vitrine, un mannequin regardait la rue. Sreenath l’avait baptisé Veronica. Notre père et elle vivaient une relation compliquée, espérant s’intégrer un jour dans la société traditionnelle.

À l’intérieur, Appa s’occupait de quelqu’un, un homme du genre à vous faire vider des étagères entières pour repartir d’un air blasé. La lumière du néon faisait briller les épais cheveux huileux de mon père. Il buvait sans arrêt de petites gorgées d’eau chaude au goulot de ma vieille thermos.

Nous savions tous qu’il n’était jamais aussi heureux que lorsqu’il servait ses clients, même les plus agaçants. Les clients l’aimaient bien, d’ailleurs.

C'était un bel homme aux gestes assurés. Il était doué pour parler de tout et de rien. Mais cette fois, il gonflait la poitrine, prêt à exploser. Un de ses employés a proposé de le remplacer. Appa a refusé et continué à sortir les vêtements des étagères comme s'il les vidait de leurs tripes.

Il ignorait ma présence, mais je n'avais rien à lui dire, de toute façon. Je me suis assis dans un coin où j'ai écouté de la musique pendant quelques minutes. La femme de ménage m'a apporté un verre de thé bouillant.

"Rien de mieux à faire, comme d'habitude, a finalement dit Appa. Encore à composer des poèmes imaginaires."

J'ai reposé bruyamment mon verre et quitté le magasin.

Des années plus tôt, je devais être en seconde, le père Pauli, le proviseur adjoint, l'avait fait venir dans son bureau pour lui annoncer : "Votre fils a l'âme d'un poète."

Appa m'avait lancé un regard furieux.

"Nous allons régler le problème, mon père."

Le père Pauli avait posé un à un sur son bureau les poèmes qu'il m'avait confisqués. L'un d'eux évoquait la taille de la professeure de maths, visible à travers son sari. Mais il était si abstrait qu'il y avait vu une méditation sur l'aube.

"Ce n'est pas forcément une mauvaise chose de nos jours. Avez-vous entendu parler de Piyush Pandey ?

— L'acteur ?

— Pardon ? Non, le directeur artistique de la branche indienne d'Ogilvy & Mather. Vous connaissez ?

— Le fabricant de cigarettes.

— Non, l'agence publicitaire. Unanimement respectée. Pablo Neruda. Octavio Paz. Paulo Coelho. Gabriel García Márquez.

— Oui ?

— Ce sont tous des écrivains très respectés. La poésie n'est donc pas forcément une mauvaise chose. Il est inutile de chercher aussi loin, d'ailleurs. Malayattoor Ramakrishnan. M. T. Vasudevan Nair. O. V. Vijayan ? Tous sont considérés avec grand respect."

Il ne cessait de répéter le mot respect. L'Église importait bien plus à Appa que les temples ou les prêtres hindous. D'après le père Pauli, Piyush Pandey était un de ses bons amis – ils avaient étudié ensemble à St Stephen's – et il m'obtiendrait un stage dans son agence à la fin de l'année scolaire si mes notes le permettaient. À l'époque, je venais de m'inscrire en cursus littéraire, à la stupéfaction outrée de Sree et avec le consentement désabusé d'Appa.

Le père Pauli est décédé un an plus tard. Le pire, c'est qu'il était en vacances, roulant gaiement à scooter sur une plage ensoleillée de Goa. Appa l'a très mal pris. À cette époque, il a commencé à me surnommer "le poète" et n'a jamais cessé depuis.

Je rêvais certes de faire carrière dans les arts, mais je n'avais pas écrit un seul poème depuis six ans.

"La prochaine fois qu'il oubliera son déjeuner, tu iras le nourrir toi-même", ai-je dit à Amma en rentrant à la maison.

La même semaine, Appa a fermé le compte joint qu'il partageait avec Sreenath après l'avoir entièrement vidé. Entendons-nous bien, le travail de comptable de mon frère faisait partie de son cursus universitaire, un peu comme un stage obligatoire. Il était rémunéré, mais ce salaire, versé sur un compte différent, était ridicule. Le compte joint était alimenté par Appa pour ses dépenses mensuelles.

Après la banque, il a contacté le secrétariat de son école d'expertise comptable pour l'informer qu'il ne paierait pas les frais de scolarité du semestre suivant et qu'il souhaitait être rayé de la liste des bienfaiteurs.

Ne sachant que faire de sa demande, le secrétariat a probablement appelé Sree pour se renseigner. Il a également dû recevoir un message au sujet de son compte en banque. J'espérais qu'Appa cherchait simplement à le faire réagir – en fait, il semblait s'adoucir après chaque coup –, mais mon frère a sans doute conclu que son expulsion était définitive.

Pendant ce temps-là, je lui ai rendu quelques visites. Il se nourrissait surtout de café, de Cheetos, de nouilles instantanées et de plats à emporter. Il n'allait plus en cours ni au travail.

Un jour, j'ai dû le réveiller en sonnant à la porte. Il m'a laissé entrer d'un air hébété. Il avait peut-être passé une soirée arrosée avec Joel, qui dormait torse nu sur la table. On aurait dit un cadavre attendant son autopsie.

L'état de la maison ne s'était pas tellement aggravé. Les ordures s'accumulaient dans un grand sac-poubelle. Le matelas avait été traîné jusqu'au mur du salon sous la fenêtre. Quelques carnets étaient posés dessus, au milieu d'une tache de lumière vive.

Sree était fou avec les carnets. Sa réserve en comptait pas loin de plusieurs centaines. Vu l'aspect huilé du papier, il ne les payait pas cher. D'après ce que j'avais constaté, il les remplissait de concepts commerciaux aléatoires, de plannings quotidiens et de notes de cours en se servant de stylos de différentes couleurs. Certaines parties étaient minutieusement surlignées. Il y agrafait également des feuilles de papier.

Un jour, quelques années plus tôt, il avait involontairement laissé un de ses carnets dans le frigo et j'y avais aperçu un paragraphe dans le style d'un journal intime : *Ce n'est qu'une question d'effort. Lorsqu'on fait de son mieux, tout est possible. Et les échecs passés, on s'en fiche. Ce n'est certainement pas une preuve de nullité. Rentre-toi ça dans le crâne. Tu vas y arriver.*

Arriver à quoi, je ne l'ai jamais su. En tout cas, ces quelques phrases m'avaient rendu extrêmement heureux et terriblement mal à l'aise pour lui. À la maison, il essayait toujours de jouer les durs. Je souriais encore, la tête dans le frigo, lorsqu'Amma m'avait lancé : "Le jour où nous pourrons nous payer un climatiseur, je te le ferai savoir. Ferme cette porte."

Quand Sree s'était moqué de moi pour une raison ou une autre quelques jours plus tard, j'avais rétorqué : "Écoute, on s'en fiche des échecs passés. Rentre-toi ça dans le crâne.

— Qu'est-ce que tu viens de dire ?

— Rien."

Ce jour-là, mon frère portait un caleçon et la chemise gris-bleu de son année d'élève officier.

J'ai désigné la pièce d'un geste.

"Sree, ça suffit. Il faut qu'on parle."

C'est alors qu'il s'est frotté les yeux et m'a raconté à mi-voix comment il avait réagi en découvrant la vidéo.

“Tu te souviens de cette manie que tu avais quand tu étais petit ?”

J’ai compris à quoi il faisait allusion, car ça revenait souvent dans ses blagues.

Enfant, lorsque je cassais un vase ou renversais quelque chose sur le sol, je me punissais avant que nos parents aient une chance de me gronder. Je m’obligeais à grimper sur quelque chose de très haut et à sauter, ou je me frappais violemment avec ce que j’avais sous la main. Sreenath était convaincu que cela m’avait endommagé le cerveau.

“Juste après avoir vu la vidéo, j’ai pensé que je pourrais me couper un peu le poignet et descendre le montrer aux parents. J’étais vraiment à deux doigts de le faire, j’avais même cherché comment m’y prendre sur Google. Je n’arrive toujours pas à le croire.”

J’avoue avoir pensé que c’était un plan plutôt ingénieux. Un geste très stratégique.

“Pourquoi tu me racontes ça maintenant ?

— Je ne sais pas très bien. Je me disais : Regarde ce que tu as failli faire. Et pour quoi ?”

Il s’est levé pour se passer le visage à l’eau puis a commencé à faire des pompes. Il courait régulièrement mais, niveau masse musculaire du haut du corps, rien de très impressionnant.

“C’est la première scène de ton film de vengeance ?

— J’ai besoin d’endorphines.”

Lors de ma visite suivante, Sree et Joel jouaient à Counter-Strike sur leurs ordinateurs portables. Je me suis assis dans un coin et j’ai regardé des extraits de matchs de foot sur mon téléphone.

À un moment, j’ai entendu mon frère dire à Joel d’un ton amusé que la maison était hantée.

"Il y a une vague présence dans mon champ de vision. J'arrive pas à l'identifier.

— Si c'est un rat, on est sûrs d'attraper la rage."

Lorsque Joel a disparu dans la cuisine, j'ai demandé à Sree : "Tu crois que ce sont les images de la vidéo qui te hantent ? À cause de ce voyeur et de tout le reste ?"

En vérité, tout le monde se fichait de savoir qui l'avait filmée : c'était juste un type ordinaire qui faisait ce qu'il voulait dans un lieu public. J'imaginais qu'il ressemblait au technicien de laboratoire de notre lycée. Un jeune homme maigre à la moustache naissante. Qui reniflait sans arrêt ses doigts. Il avait été renvoyé pour vol de spécimens. Un rein par-ci, un crapaud par-là. Il paraît qu'on les avait retrouvés dans leurs bocaux de formol à côté du sel et du poivre dans sa cuisine.

"Quoi ? a dit Sree.

— Cette présence qui te hante. Tu crois que c'est parce que tu as été filmé sans le savoir ?

— Tu m'emmerdes avec ta psychologie de comptoir.

— En tout cas, t'es manifestement préoccupé. Je vais t'aider à rentrer en douce à la maison et on planifiera le reste là-bas. Ton message est passé, non ?

— Quel message, dis-moi ?

— Écoute, si tu as peur de les affronter…"

Cette phrase a semblé le mettre en colère.

"C'est bon. Merci pour vos services, monsieur le médiateur."

C'était le mot de trop. J'ai quitté la maison un instant plus tard.

La fois suivante, Dhruti, Meghna et Arjun Samouraï étaient là, mais pas Sree. Il était allé retrouver

Anita près de chez elle. Elle avait prévu de passe le voir, mais ses parents avaient insisté pour qu'ell reste accueillir des invités.

J'ai demandé à Dhruti si tout allait bien.

"Pour le moment, oui."

Assise sur le sol à côté d'Arjun, elle remplissait une liasse de papiers jaunes.

"Des demandes de délai pour Anita. Elle n'a pas pu récupérer ces formulaires à la fac aujourd'hui."

Elle m'a adressé un grand sourire.

"Tu veux le faire ?

— Mon écriture est indéchiffrable.

— Si Elsie était là, a dit Arjun, elle demanderait : « Est-ce typiquement masculin de reconnaître qu'on écrit mal ? Oui ou non ? »"

Je n'avais jamais entendu parler de cette fille.

"Oui ou non ?", a répété Dhruti sans lever les yeux des formulaires.

Avant que je les interrompe, tous deux étaient assis beaucoup trop près l'un de l'autre et discutaient de la vidéo. Cette intimité due aux malheurs de ma famille m'a vraiment agacé.

"En tout cas, c'est remarquable de se battre pour ses convictions, a dit Arjun qui pensait probablement à la situation de Sree. C'est le manque d'engagement qui est la cause de tout ce qui se passe aujourd'hui dans ce pays, à commencer par celui du gouvernement. Vous voyez ce mec, Madhu BR ou quelque chose comme ça. Il paraît qu'il a rompu avec sa petite amie parce que sa caste posait problème à sa famille.

— L'autre jour, il a violemment critiqué le BJP sur Twitter", a dit Dhruti. Elle s'est mise à rire. "Et il a tagué Arundhati Roy.

— C'est ce genre de type que les féministes devraient faire taire.

— Il faudrait tous les faire taire, mais je vois ce que tu veux dire.

— Ouais, c'est vraiment n'importe quoi, ai-je dit. J'ai lu ce livre de Sujatha Gidla sur le système des castes récemment. Vous connaissez ?

— J'ai lu des critiques", a répondu Arjun.

Il a trituré son chignon d'une main et m'a offert une cigarette de l'autre. J'avais l'impression que tout le monde fumait beaucoup plus que d'habitude. Je l'ai acceptée quand même.

"T'as raison, on marche sur la tête, a-t-il dit. Ce gars, c'est la stupidité incarnée. Vraiment rien dans les tripes. C'est dingue.

— Incroyable."

Je me suis assis et, mon agacement passé, je me suis senti plutôt calme. Dhruti et Arjun ont continué à discuter. D'abord du film *Ratatouille*, puis d'un épisode de *MasterChef* et d'un dessin humoristique d'Anita au sujet des marques qui exploitaient le terme "superwoman". Elle l'avait posté quelques soirs plus tôt. Dans les commentaires, quelqu'un demandait : *J'ai essayé de te joindre. Ça va ?*

J'avais été surpris qu'elle soit encore sur les réseaux sociaux.

Meghna, qui était dans la cuisine, est venue traîner à côté de nous.

"Le bouton de la cuisinière était en bon état avant. On dirait qu'il a frit.

— Tu parles comme une vraie propriétaire", a dit Dhruti.

Arjun a approuvé.

“Bon, Anita est vraiment sûre de ne pas venir ? a demandé Meghna.

— C’est peu probable.

— J’arrête pas de l’appeler pour prendre de ses nouvelles.

— N’insiste pas. Elle déteste ça. C’est comme si tu te réjouissais de ses malheurs.

— C’est ce qu’elle a dit ?”

Pendant qu’elles parlaient, je me préparais à l’idée de rentrer en repensant à Appa devant sa fenêtre, les yeux fixés sur la voiture.

J’ai failli lâcher : “Ma famille est folle.”

11

Depuis quelque temps, l'idée d'aller trouver la police circulait à la maison. J'avais expliqué à Appa que Sree et Anita avaient déjà essayé – il avait été vaguement question d'un dépôt de plainte en ligne –, mais il était convaincu que leur démarche avait manqué de rigueur. Il n'y avait ni procès-verbal, ni numéro de dossier, ni même la preuve que la police examinait vraiment l'affaire. Il concluait en déclarant qu'il se moquait désormais de chercher des solutions – tout comme de réfléchir à l'avenir et aux difficultés que risquait de causer la famille d'Anita.

Je suppose qu'il fallait voir le bon côté des choses : Sree avait réussi lui-même à faire supprimer une copie de la vidéo. Mais il en avait découvert une sur un autre site seulement quelques jours plus tard. Quand je l'ai interrogé à ce sujet, il est resté évasif.

“Que les gens la regardent s'ils y tiennent tant. C'est pas la fin du monde.”

Le reste de la conversation n'a pas semblé l'intéresser un seul instant. À ce moment-là, je faisais moi-même quelques tentatives, mais j'étais assez pessimiste dans l'ensemble et mes efforts étaient timides.

C'est finalement Amma qui a convaincu Appa d'aller voir la police. Si la vidéo était supprimée avant que d'autres personnes la voient, en particulier nos proches, nous aurions au moins la possibilité de nier son existence, lorsque la rumeur leur parviendrait.

C'était un mercredi midi. Une fois qu'il s'est décidé, Appa a fait les cent pas dans le salon en se massant les tempes et en vidant un sachet entier de cacahuètes salées. Ensuite, il est passé à la vitesse supérieure. Il craignait peut-être de perdre son assurance s'il attendait trop longtemps. Il s'est taillé la moustache, a enfilé sa chemise et son pantalon les plus élégants, ainsi que la montre haut de gamme qu'il gardait pour les mariages. Il m'a demandé de l'accompagner parce que j'étais le seul au courant des détails techniques. Un instant plus tard, nous étions assis dans la Civic et attachions nos ceintures de sécurité. L'intérieur sentait encore le plastique souple et le cuir poisseux. Appa avait apporté l'épaisse pochette bleue contenant nos actes de naissance, cartes d'identité et dossiers médicaux. Il l'a posée sur la banquette arrière et a fait démarrer le moteur. Dans le pare-brise propre, le ciel bleu était encore plus lumineux.

Appa a roulé un long moment sans s'arrêter. Nous avions déjà aperçu plusieurs commissariats. Chaque fois que nous en dépassions un, il ralentissait, y jetait un coup d'œil puis appuyait sur l'accélérateur.

À en juger par son choix final, il cherchait un poste de police assez éloigné de chez nous pour n'y croiser aucune connaissance, assez rudimentaire pour ne pas être trop humiliant ni intimidant, et presque désert afin qu'on ne nous fasse pas attendre.

Avec le recul, je pense que ses critères n'étaient pas les bons. Nous aurions dû aller dans un de ces endroits plus fréquentés où les policiers se mettent au garde-à-vous et sont trop occupés pour s'intéresser de près à quoi que ce soit.

Ce commissariat de campagne avait l'air d'une maison délabrée. Nous avions roulé si longtemps que je ne savais même plus vraiment où nous étions. Appa s'est garé dans la cour en gravier de l'enceinte, a coupé le moteur et est resté assis un long moment – trop long, apparemment, car un policier a frappé au pare-brise.

"Vous n'êtes pas au cinéma ici. Vous avez besoin de quelque chose ?"

Cette visite commençait mal.

Appa est sorti avec sa pochette bleue, s'est excusé et a tapoté ses poches sans raison. Comme le policier se dirigeait vers la sortie, il est resté encore un peu dehors. Cette fois, il a fait semblant de consulter ses messages. Il a fallu que je lui demande si tout allait bien pour qu'il s'éloigne enfin en direction du bâtiment.

L'intérieur n'était pas plus reluisant que l'extérieur. Un enchevêtrement de toiles d'araignée reliait les murs écaillés. Le mobilier était si ancien qu'un gramophone n'aurait pas détonné. Symboliquement parlant, c'était raté.

Un policier lisait le journal, assis à son bureau.

"Pourrais-je parler à votre responsable ?" a demandé Appa.

Nous n'avions même pas commencé à raconter notre histoire que je percevais déjà sa gêne.

"Qu'est-ce qui vous amène ?

— Je souhaiterais déposer une plainte."

L'homme nous a dit de nous asseoir, a rangé son journal et sorti un registre blanc d'un tiroir. Il a griffonné à l'intérieur et demandé : "Quelle est la plainte ?"

Appa a débité un discours qu'il avait manifestement répété.

"Il s'agit d'un crime informatique. Mon fils a été filmé avec une jeune fille, et cette vidéo est sur internet. Nous ne savons pas qui l'a diffusée. C'est une vidéo de mauvais goût. Nous aimerions qu'elle soit supprimée."

Sans quitter son registre des yeux, l'homme s'est levé, nous a dit de patienter et est entré dans la pièce du fond. Dix ou quinze minutes plus tard, un policier moustachu et plus mince qui semblait à peine plus âgé que moi en est sorti et s'est assis. J'ignore si le son d'une personne qui s'assied peut communiquer un certain agacement, mais c'est assurément l'impression que j'ai eue. L'homme, qui s'appelait Arun d'après son badge, a fait craquer ses doigts et parcouru le registre. Contrairement à son collègue, il était bien bâti, son uniforme était repassé et on se voyait dans ses chaussures.

"Vous avez un crime informatique à signaler ?"

Il me rappelait un officier SS que j'avais vu dans mon manuel d'histoire à l'école – ou peut-être que leurs visages se sont superposés dans mon esprit après cette visite.

"Oui, monsieur.

— Et ?"

Appa a répété son discours.

"Mon fils a été filmé avec une jeune fille, et cette vidéo est sur internet. Nous ne savons pas qui l'a diffusée. C'est une vidéo de mauvais goût. Nous aimerions…

— Qu'est-ce que vous entendez par « mauvais goût » ?"

Comme Appa hésitait à répondre, il a demandé : "De type pornographique ?

— Oui, monsieur.

— Alors il fallait le dire. Soyons clairs.

— D'accord, monsieur."

J'aurais vraiment aimé qu'il arrête de l'appeler "monsieur". Non seulement il était bien plus âgé que lui, mais de toute évidence, ce type s'en régalait. De son côté, Appa s'était rapetissé et ses épaules tombaient. Sa montre semblait sur le point de glisser de son poignet. Son attitude contrastait tant avec sa tenue élégante qu'il paraissait encore plus impuissant, comme si quelqu'un lui avait donné un bain et l'avait bien habillé. On aurait pu le ranger dans une valise.

Le policier m'a pointé du doigt.

"Et voici votre célèbre fils ?

— Non, c'est son frère aîné dans la vidéo, monsieur.

— Mais vous ne l'avez pas amené."

Appa a secoué la tête.

Le policier a soupiré et s'est penché en arrière dans son fauteuil.

Pendant quelques minutes, il nous a posé toutes sortes de questions, en commençant par la relation qu'entretenaient Sree et Anita. Même lorsque je répondais, il gardait les yeux fixés sur Appa.

Ensuite, il a commencé à s'écarter du sujet. Il a demandé à Appa quel était son métier, si Amma travaillait, quel âge ils avaient, où nous habitions, et même combien nous gagnions par mois. Je pensais qu'il se radoucirait en apprenant que j'étais quasiment journaliste, mais rien n'y faisait.

À un moment, j'ai tenté de l'obliger à revenir au sujet.

"Est-il possible de faire supprimer ces vidéos rapidement ?"

Il m'a dévisagé quelques secondes puis m'a ignoré. Pour souligner le fait qu'il avait le droit de nous demander tout ce qu'il voulait, il a inventé d'autres questions étranges. Appa a essayé de se distinguer en y répondant avec encore plus d'enthousiasme.

Finalement, il nous a tendu une feuille de papier.

"Les liens. Notez-les."

Avant de partir, j'en avais enregistré plusieurs dans mes favoris, puis j'avais tenté de joindre Sree pour qu'il me donne davantage d'informations. Il n'avait pas décroché.

"Laisse-le faire ce qu'il veut de son côté, avait dit Appa. Cette démarche, nous la faisons pour nous."

J'ai commencé à recopier les liens sur la feuille. Alors que j'en étais à la moitié, le policier l'a tirée vers lui, regardée fixement et a soupiré. C'était la vingtième fois au moins depuis que nous étions là.

Son ordinateur était assorti au décor puisque c'était le modèle blanc cassé dont étaient remplies les salles d'informatique quand j'étais au collège. Lorsque Windows a eu chantonné sa mélodie fatiguée, il a tapé l'une des adresses de la liste, attendu que la vidéo se charge et l'a lancée.

"Une idée de qui a pu filmer ça ?

— Non, je ne vois pas", ai-je répondu.

Il a monté le volume au maximum, mais à part un bruissement et des marmonnements, il n'y avait presque aucun son.

Je percevais la profonde gêne d'Appa à côté de moi. L'emplacement du bureau était tel que les policiers devaient passer derrière pour traverser la pièce. Ils étaient peu nombreux dans ce commissariat, mais à l'évidence, la vidéo n'échappait à l'attention d'aucun d'eux.

"Arun, tu pourrais attendre d'être chez toi, vieux", a plaisanté l'un d'eux en passant.

Les sourcils froncés, le policier a tendu la main vers nous, l'air de dire : "Regarde un peu ce que je dois subir."

Un jeune subalterne n'a pas tardé à s'arrêter derrière lui, les yeux plissés, très amusé par ce spectacle gratuit. La situation me mettait si mal à l'aise que j'ai tenté d'exprimer mon indignation en morse, par une série de raclements de gorge et de changements de position. Le policier a pivoté, regardé l'employé puis s'est tourné vers l'écran.

"Vous ne voyez aucun inconvénient à faire ces choses en public, vous autres, mais ceci vous pose problème ? a-t-il dit sans lever les yeux. Quel culot." Il a regardé l'employé subalterne. "Quel culot, non ? Devant tout le monde. Est-ce que tu peux le croire ? Incapables d'attendre d'être dans une chambre."

J'ai été tenté de lui faire remarquer l'ironie de son commentaire. Je ne suis pas un spécialiste, mais, quelques années plus tôt, on racontait encore que la police faisait fréquemment des descentes dans les hôtels pour repérer les trafics de femmes. Au passage, elle embarquait des couples innocents et les obligeait à appeler leurs parents pour qu'ils viennent les libérer. Même si cela n'avait aucun rapport avec l'histoire de Sreenath, ou pas vraiment – en fait, Anita et lui avaient déjà loué des tas de chambres d'hôtel –, je m'étais récemment servi de cet argument pour justifier son comportement auprès de nos parents.

Je n'ai pas de problème pour rendre la pareille, mais j'évite si possible de le faire. Sur le coup, non seulement j'étais embarrassé par la façon dont on nous traitait, mais je me sentais obligé de protéger Appa.

"Ce qui est fait est fait, monsieur, inutile d'en discuter. Nous voulons simplement avancer."

Ce n'était pas la réaction la plus intelligente. Je n'étais jamais entré dans un commissariat avant, pas même pendant mon stage, mais j'avais fréquenté les services administratifs – pour obtenir mon permis de conduire ou payer nos impôts fonciers, par exemple – et la meilleure stratégie, à mon avis, était de suivre le script implicite et d'en finir le plus vite possible. Dans la plupart des cas, s'en écarter n'était pas une preuve de courage mais de naïveté, et le signe que vous aviez du temps à perdre.

Le policier s'est tourné vers moi et s'est calé dans son fauteuil.

"Je vous demande pardon ?"

À ces mots, j'ai failli relâcher mes sphincters. J'aurais été capable de pondre un œuf. J'ai senti le regard noir d'Appa sur moi. Le subalterne s'est éloigné avec son plateau de verres.

"C'est juste que la situation est compliquée, monsieur, ai-je répondu. Nous vous serions reconnaissants de bien vouloir nous aider à la régler au mieux."

Le policier a pivoté vers Appa.

"Vous réalisez ce que vous avez fait, n'est-ce pas ?"

Celui-ci a acquiescé, même s'il ignorait sûrement à quoi l'autre faisait allusion. À ce stade, on aurait pu lui faire admettre n'importe quoi. Trafiquait-il de la drogue ? Oui. Était-il l'assassin de Kennedy ? Bien entendu. Était-il de mèche avec Judas ? En effet.

"Votre fils a pratiquement détruit la vie de cette jeune femme. Est-ce que vous le comprenez ?"

Appa a hoché la tête. À nouveau, j'ai été incapable de tenir ma langue.

"Monsieur, ai-je dit en visualisant Anita, la jeune femme en question se porte à merveille et elle est parfaitement capable de faire face à la situation.

— Ne me parlez pas sur ce ton, a répondu le policier, avant de s'adresser à Appa. Je n'ose pas imaginer ce qu'elle endure en ce moment. Vous avez quasiment ruiné son avenir. Comment sortir de chez elle maintenant ? Comment trouver un bon travail ? La traitera-t-on avec respect ?"

J'ai eu l'impression que cet homme était du genre à rêver de voler au secours des femmes sur le point d'être agressées. Elles tomberaient ensuite amoureuses de lui et lui seraient redevables à vie.

"Nous voulons seulement faire supprimer cette vidéo, monsieur, a dit Appa d'un ton suppliant.

— Facile à dire. Vous croyez qu'internet est un frigo ? Que je peux y ranger des choses et les sortir quand je veux ? Vous devez d'abord comprendre que ce n'est pas si simple. Une fois qu'une vidéo de ce type est mise en ligne, il est extrêmement difficile de la supprimer."

Avant que je puisse réagir, Appa s'est tourné vers moi et m'a demandé de sortir. J'ai hésité ; puis, voyant que le policier attendait aussi que je parte, je me suis levé et suis retourné à la voiture. Appuyé contre la portière, j'ai parcouru la liste des lois que j'avais cherchées plus tôt – section 66E, 67A, *et cetera* – et regretté de ne pas avoir répondu quelque chose de plus percutant ou au moins de plus éclairé, en admettant que j'aie des choses à dire.

Appa est sorti beaucoup plus vite que je ne m'y attendais. Il est monté dans la voiture et a fait démarrer le moteur. Il me semble que si j'étais resté dehors, il serait parti sans s'en rendre compte.

Sur le chemin du retour, tout m'a paru gris et hostile. Penché sur le volant, Appa ne disait pas un mot. Quand je l'ai interrogé sur ce qui s'était passé après mon départ, il a continué à m'ignorer.

Nous étions arrêtés à un feu rouge lorsqu'il m'a demandé l'adresse de Sreenath.

"Pourquoi ?

— J'ai besoin de le voir.

— À cause de ce qui s'est passé au commissariat ?

— Oui.

— Tu vas lui crier dessus, Appa."

Il n'a pas répondu. Le compte à rebours du feu tricolore avait commencé. Il en était à vingt-cinq.

"Est-ce que tu vas crier ?

— J'ai simplement besoin de le voir.

— Dis-moi que tu ne crieras pas."

Ce serait peut-être l'occasion pour eux de se parler.

"Appa ?

— Donne-la-moi si tu la connais, sinon laisse tomber."

Je lui ai indiqué le chemin et compris que j'avais fait une bêtise avant même que nous soyons arrivés. La colère d'Appa commençait à bouillonner. Quand un motard nous a doublés du mauvais côté, il a failli provoquer une dispute. L'esprit chauffé à blanc, il a finalement écrasé l'accélérateur et manqué de trancher un côté de la voiture sur le muret de séparation noir et blanc.

Lorsque nous avons atteint la ruelle, j'ai refusé de lui donner le numéro de la maison. Les habitations étaient peu nombreuses – une dizaine peut-être –, mais il n'irait jamais sonner à chaque porte.

De fait, il a préféré s'arrêter au milieu de la chaussée et appuyer sur le klaxon.

"Je n'arrêterai que lorsque tu m'auras dit où il habite."

Un homme a ouvert la porte de son balcon et commencé à crier que ce n'était pas une heure pour réveiller les gens. C'était la fin de l'après-midi, mais ça lui était manifestement égal.

Une minute plus tard, j'ai vu bouger les rideaux de la maison de Sreenath. Il est apparu à sa porte, en caleçon.

Appa l'a vu dans le rétroviseur. Il a ouvert sa portière et bondi de son siège. Pendant quelques secondes, il a paru se demander quoi faire. Ensuite, il a attrapé la pochette bleue sur la banquette et a sorti l'acte de naissance de Sreenath, ainsi que quelques documents importants.

"Appa, arrête."

Je suis sorti tandis qu'il se dirigeait vers la maison.

Mon frère semblait prêt à se réfugier à l'intérieur. Appa a jeté les papiers près du portail puis est retourné à la voiture.

Cette fois, je suis resté dehors. Comme prévu, il m'a ignoré.

Lorsque la Civic a disparu, Sree s'est avancé, a ramassé les documents et refermé la porte avant que je puisse lui parler.

Au lieu d'essayer, je suis monté dans un auto-rickshaw pour rentrer.

Plus tard, j'ai appris de la bouche d'Amma que le policier avait conseillé à Appa de revenir avec Sree. Ou mieux encore, de se rendre dans un commissariat mieux équipé pour résoudre les crimes informatiques. Il aurait également fait planer la menace d'une accusation d'attentat à la pudeur. Appa était resté vague sur les termes – et je soupçonne une tentative ratée de pot-de-vin –, mais il était manifestement fatigué et n'avait pas l'intention de persévérer.

12

Les parents d'Anita ignoraient toujours tout de la situation. Quant à moi, je dormais mal. Chaque fois que je quittais la maison, je rentrais avec du chocolat et des chips de banane que je stockais dans ma chambre. J'ai pris environ trois kilos en deux semaines. Je suppose que ce grignotage était également une forme de protestation. Je prenais rarement mes repas à la maison – en tout cas, pas avec mes parents. Leurs disputes s'étaient envenimées depuis notre passage au commissariat. Cette humiliation supplémentaire donnait apparemment le droit à mon père d'être plus en colère que ma mère.

Un rien le faisait sortir de ses gonds : un retard de livraison d'articles à l'entrepôt, le fer à repasser qui mettait trop longtemps à chauffer, la fuite d'un tuyau qui, lui avait assuré Amma à une époque lointaine, fonctionnait très bien.

“Il faut toujours que je m'occupe de tout ici. C'est trop te demander d'appeler le plombier. Tu n'es même pas capable de régler un problème aussi simple toute seule.”

La plupart du temps, Amma gardait le silence et vaquait à ses occupations. Ce qui ne veut pas dire qu'elle manquait de repartie. Elle était simplement consciente que la meilleure façon de faire un maximum de dégâts, c'était de le laisser se défouler, puisqu'il finirait par se sentir coupable et honteux.

Lorsque la scène a atteint son point culminant, j'ai enregistré le son du chaos sur mon portable et l'ai envoyé à Sreenath.

J'avais eu beau me plaindre du manque de réactivité de la police, il n'avait jamais réagi. Il a également ignoré ce message une journée entière avant de me répondre : *Pauvre con.*

Une heure plus tard, j'ai répliqué qu'il pouvait aller se faire foutre.

Le même soir, Appa est rentré à la maison avec une télévision chinoise 55 pouces et a fait semblant de s'affairer pendant que les livreurs la fixaient au mur et filaient avec l'ancienne. Il a expliqué l'avoir eue pour un bon prix grâce à un ami et que l'offre expirait rapidement. Je me suis dit que tout le monde était en train de perdre la tête.

"Tu veux bien m'aider à la régler ?" m'a-t-il demandé.

Des caractères chinois ont rapidement envahi l'écran bleu.

"Non, débrouille-toi."

En dehors de mes rares visites à Sree et de quelques sorties ponctuelles, je ne voyais pas grand monde. Je cherchais un travail à l'étranger. Francfort, Seattle, Montréal. Peu importait l'endroit, tant qu'il était éloigné. Quand j'ai compris que c'était peine perdue – et cela a été rapide –, j'ai commencé à me renseigner sur les formations à l'étranger et même envoyé un e-mail à une université parisienne au sujet d'une bourse de journalisme. Les Français n'ont jamais répondu, jugeant sans doute que je n'étais pas un produit d'importation séduisant.

Mon stage n'était pas terminé, mais il ne m'intéressait plus. Un soir, juste après l'apparition de la vidéo, j'avais bâclé un article sur une exposition florale et irrité son organisateur, un vrai mafieux. Depuis, le journal me sollicitait rarement et je n'allais plus au bureau, même pour passer une tête.

Je préférais passer mes journées à lire des traductions de classiques russes en malayalam à la bibliothèque municipale, ou à traîner dans un des centres artistiques de la ville qui organisaient de petites manifestations. On y présentait parfois des réalisateurs ou des écrivains qui avaient leur petit public de fidèles. J'imaginais que je les invitais à la maison afin qu'ils parlent à mes parents. S'ils leur offraient une perspective plus large, peut-être que nous parviendrions à une sorte d'accord de paix.

Un jour, pensant que j'étais là pour un article, un employé du Samskrithi Bhavan m'a laissé aborder un jeune réalisateur de Cardiff. Au bout d'un moment, celui-ci a commencé à me poser des questions. Il n'en fallait pas plus pour que je me lâche. Je lui ai parlé du journal où je faisais mon stage, de mon projet de départ à l'étranger et, enfin, de l'incident de la vidéo. J'ai dû lui raconter toute l'histoire d'un ton sardonique et léger, car il a réagi avec la même désinvolture.

"Tu connais *The Jeremy Kyle Show* ?" a-t-il demandé.

À la maison, j'ai cherché l'émission sur Google, regardé des familles se provoquer et se chamailler pendant cinq minutes, et je n'ai plus réussi à me les sortir de la tête.

J'ai également été pris d'une étrange impulsion concernant Dhruti. Je regardais ses photos sur Instagram depuis quelque temps ; certaines, plus ou moins anciennes, avec ses amis, y compris Sree et Anita ; d'autres chez elle ou en famille. Son message pour la Saint-Valentin sous-entendait qu'elle était célibataire. Sur une photo récente, on la voyait faire semblant de se bagarrer avec sa mère pour un hamac, à côté de leur petit-déjeuner interrompu. Du jus d'orange Tropicana, des toasts aux œufs jaune vif, des miettes de pain sur la table en bois éraflée. Elles étaient sur un balcon dans la stratosphère. Sa mère souriait. En bas, la ville paraissait plate.

Subitement, j'ai eu très envie de passer du temps avec Dhruti. De toute façon, je voulais lui demander si elle avait des nouvelles de son ami policier, raison suffisante pour l'inviter à prendre un café vite fait. Elle a accepté de me retrouver près de son appartement.

C'était le début de la soirée. Les bus scolaires bloquaient la circulation et déversaient des enfants partout. Nous avons choisi une table à l'extérieur. Dhruti ne cessait de s'éventer avec le menu. Son shampoing avait un parfum fruité – pêche ou ananas – mélangé à quelque chose de moins reconnaissable.

"Je suis allée nager. Enfin, j'ai plutôt fait trempette dans l'eau chaude. L'été, je passe mon temps à la piscine."

La question de la police a été traitée en dix minutes. Elle m'a interrogé sur mes parents. J'ai changé de sujet. Elle m'a parlé des siens. Ils étaient dentistes. Tous les deux ? Oui, c'est comme ça qu'ils s'étaient rencontrés. Cela expliquait pourquoi sa dentition était insupportablement parfaite. Elle a crocheté les coins de sa bouche avec les index pour me la montrer.

“Je comprends pourquoi tu n’as pas envie de parler de tout ça, a-t-elle dit. Mes parents aussi sont souvent…” Elle a cherché le bon mot du regard sur la nappe. “Tyranniques. Étouffants ?”

Je n’ai peut-être pas eu l’air convaincu. J’étais pourtant prêt à la croire. Elle a paru sur le point de me raconter un souvenir. J’ai à nouveau changé de sujet.

Elle portait un t-shirt *Anime Club*. Nous avons parlé de *Naruto*, de *Cowboy Bebop* et de la scène de l’avion dans *Ghost in the Shell*.

J’ai hasardé une anecdote sur l’époque où Sree et moi jouions aux Pokémon. Mon frère était immanquablement le dresseur, tandis que j’incarnais la créature. Il disait “Mords”, “Charge” ou “Griffe”, et je me jetais sur la première personne que je voyais.

“Hilarant”, a dit Dhruti en sirotant son soda au citron.

Elle m’a raconté qu’elle regardait la filmographie entière de Satyajit Ray.

“Je ne résiste pas à un bon film bengali. Surtout s’il est ancien.

— Pour nous Malayalis, les Bengalis sont les seuls vrais intellectuels de toute l’Inde.”

Quelle phrase pompeuse, mais par chance, elle a approuvé.

“Mon père vient du Bengale-Occidental. De Calcutta.

— Je me disais bien que ton nom n’était pas typiquement kéralais.” J’ai ajouté du même souffle :

“Et puis tu es beaucoup trop belle pour être une Malayali de souche.

— Arrête, les Malayalis sont beaux.”

Les véhicules et les écoliers disparaissaient peu à peu. Un nuage qui passait par là a apporté un peu de fraîcheur de notre côté de la rue. Ces trente-cinq minutes ont passé vite. Il ne s’est pas passé grand-chose. Arrivé à la maison, j’ai toutefois ressenti un soulagement énorme et énormément disproportionné. Comme si j’avais d’autres projets à présent.

Plus tard, j’ai envoyé un message à Sreenath pour lui dire que j’avais discuté avec Dhruti du dépôt d’un procès-verbal.

Mais putain, a-t-il répondu. Puis plus rien.

Ce soir-là, j’ai défilé torse nu devant mon miroir et mimé une brasse coulée. Je me suis demandé si j’avais les traits d’un beau Malayali.

13

Deux des visites que j'ai rendues à Sree m'ont marqué. Anita était présente à chacune. À la première, c'est un type chauve et musclé qui m'a ouvert la porte. Sree était assis sur le sol du salon. Une femme très grande avec des couettes était en face de lui. Anita occupait la chaise en plastique fendue. Ils riaient et parlaient tous en même temps d'un air décontracté. Tout le monde s'est tu dès que j'ai fait mon apparition.

Une unique ampoule à basse consommation éclairait faiblement la pièce. Quelqu'un avait disposé des bouteilles vides de soda sans sucre comme un jeu de quilles. L'air lourd et humide qui entrait par la fenêtre rendait l'atmosphère morose. Le chauve s'est assis à côté de Sreenath et a jeté un œil à sa montre.

Ces visiteurs semblaient légèrement plus âgés que l'entourage habituel de mon frère, ils devaient avoir dans les vingt-cinq ans. J'avais l'impression de connaître la femme à couettes, mais je n'arrivais pas à la situer. Tout le monde mangeait des anchois frits emballés dans des feuilles de bananier en sirotant de la bière.

"Salut, ai-je dit.

— Salut, a répondu Anita. Tout va bien ?

— Ouais. J'avais juste envie de passer."

Sreenath m'a ignoré. Une franche animosité s'était installée entre nous. J'étais furieux contre lui à cause de l'humiliation que nous avions subie au commissariat. Lui m'en voulait d'une part d'y être allé et, de l'autre, d'avoir donné son adresse à Appa.

Je me suis excusé et suis parti aux toilettes. À mon retour, la femme étreignait Sree et Anita en disant que c'était super de les revoir. Le chauve leur a serré la main puis a ramassé son sac couvert de pin's et de badges, dont un proclamait *"F#@% the Teletubbies"*.

Quelques minutes plus tard, alors qu'Anita s'en allait à son tour, je lui ai demandé qui étaient ces visiteurs. Sreenath était allé chercher le chargeur de portable qu'elle avait oublié dans la maison.

"Juste des connaissances."

Il faisait pas loin de trente-cinq degrés, mais elle portait un grand sweat-shirt noir à capuche.

"De votre fac ? J'ai l'impression d'avoir déjà croisé cette femme.

— Ils font partie d'un groupe, tu les as sans doute vus jouer. Elle est chanteuse. Le mec joue de la basse. Il y a trois autres musiciens."

Aussitôt, j'ai retrouvé où je l'avais vue. Sur les affiches de son groupe sur Facebook et Instagram. Formé à Trivandrum, basé partout. Du soft rock. Pas très nouveau, ni vraiment impressionnant.

J'ai supposé que c'étaient des amis passés prendre des nouvelles – Sree et Anita semblaient en avoir des tas.

L'autre visite qui m'a marqué a eu lieu quinze jours après notre passage au commissariat.

C'était une soirée nuageuse. Je jouais au foot avec des copains d'école quand la foudre est tombée près du terrain. Aussi excité par le danger que par la possibilité que mes problèmes s'évaporent, j'ai regardé tous les autres lever le camp avec déception. Je suis parti chez Sree à scooter.

À peine étais-je arrivé qu'il a décidé d'aller faire des courses. Anita, une poubelle à la main, a répondu qu'elle l'accompagnait. Elle avait besoin de chewing-gums.

Il était clair que Sree ne voulait pas que je les suive et tout à fait possible qu'ils aient menti dans l'espoir que je parte. Mais ça m'était égal. Je voulais traîner le plus longtemps possible avant de rentrer.

"J'ai besoin de quelques trucs, moi aussi.

— Cool", a dit mon frère au lieu de protester.

Dehors, il faisait sombre et le vent soufflait. L'égout voisin sentait vraiment fort. Les ruelles du quartier étant désertes, nous occupions toute la largeur de la chaussée. Chacun de nous a fumé en silence jusqu'à ce que Sreenath reçoive un appel et se laisse distancer. Je me suis tourné vers Anita.

"Est-ce que tes parents t'attendent ?"

Elle a jeté un coup d'œil à sa montre et pressé le pas.

"Oui. Je suis déjà en retard."

Elle portait toujours son sweat-shirt noir. J'étais convaincu que c'était parce qu'elle avait honte de son corps depuis la vidéo. Mais qui sait, peut-être qu'elle aimait simplement ce sweat.

"Ça doit être pénible pour toi.

— Quoi ?

— Tout ça, ai-je dit en esquissant un grand geste, comme si je parlais de notre balade. J'imagine que c'est pénible.

— C'est assurément très étrange.

— Oui. Bien sûr. Je crois que j'aurais craqué à ta place.

— *Que será, será.*

— Tu n'as pas peur de la réaction de tes parents ?"

Elle est restée silencieuse un long moment avant de répondre.

"Je vais peut-être leur en parler moi-même finalement.

— Est-ce qu'ils ont des soupçons ?

— Comme je ne suis pas très en forme depuis un mois, ils croient que j'ai avalé un truc horrible. Du poisson pourri. Du Cthulhu peut-être. Je n'en sais rien.

— C'est peut-être de l'anxiété ?"

Elle n'a pas répondu. Nous avons tourné dans une étroite ruelle et marché l'un derrière l'autre. Anita devant, moi derrière.

"Ce ne sont pas des personnes violentes, si ?

— Mes parents ? Ils ne l'ont jamais été, mais il y a un début à tout. Est-ce que ton frère te manque ?

— La paix et la stabilité surtout.

— Je vois.

— Comment vous êtes-vous rencontrés au fait ? Il ne me raconte jamais rien."

Pour être honnête, je ne sais pas ce que je cherchais. Je voulais juste continuer à la faire parler maintenant qu'elle avait reconnu se sentir mal et probablement anxieuse.

À nouveau, elle a hésité avant de répondre.

"En deuxième année, ton frère a essayé de monter une association. Pour « encourager la création ». C'était vraiment stupide. À la fac, ce genre de chose n'intéressait personne. Il s'est avéré que j'étais la seule autre membre. Ouais, un club à deux."

J'avais cru dur comme fer qu'ils s'étaient rapprochés en disant du mal de leurs familles à la fontaine à eau.

"Très mignon.

— Tu trouves ? Merci.

— Sree m'a dit que tu participais à des quiz.

— Bournvita organisait des événements à l'école.

— C'étaient tes parents qui t'y poussaient ?

— J'aimais bien lire les guides.

— Un moyen de se couper du bruit de la maison. De se plonger dans un gros livre.

— Je crois que j'aimais simplement les lire.

— La capitale de l'Islande ?

— Reykjavik. Tu plaisantes ?

— Mais peux-tu l'épeler ?

— Un *y* avant le *k*, un *j* après, pas de *c* à la fin.

— Au fait, j'aime beaucoup tes dessins.

— Merci."

Nous avons cette fois tourné dans une artère plus large. Les enseignes lumineuses des bijouteries se reflétaient à l'envers dans les flaques. L'air sentait le café filtre fort.

"Un jour, Sree m'a raconté qu'enfant, tu voulais te faire enlever.

— Quoi ?

— Par des extraterrestres, pas des pédophiles.

— Ça me plairait encore aujourd'hui."

Elle regardait droit devant elle.

"En fait, je donnerais n'importe quoi pour que ça arrive."

Le supermarché où nous sommes allés était un des plus grands de la ville, ce qui en soi ne veut pas dire grand-chose. Tandis qu'Anita et Sreenath parcouraient les rayons, je traînais derrière eux en enviant leur complicité. Au milieu des currys en poudre et des flacons de liquide vaisselle, ils avaient déjà l'air d'une famille.

C'est dans le rayon des surgelés que nous sommes tombés sur une bande d'étudiants de leur ancienne fac. Quatre mecs.

Cette université de premier cycle ne faisait pas partie de ce qu'on pourrait appeler l'Ivy League indienne. Certes, elle était connue pour fournir une bonne base technique aux étudiants, mais sur le plan culturel, c'était un désastre. Sans vouloir viser mon frère, Anita ni leurs amis proches, il n'était pas inhabituel pour ses anciens élèves de débattre avec passion des mensurations du corps féminin dans un bus bondé ou de déclencher une bagarre dans la rue.

J'avais en fait aperçu ce groupe du coin de l'œil en entrant dans le supermarché. Le plus petit des quatre portait l'uniforme de l'université. C'était aussi le plus agité. À un moment, je l'avais surpris la bouche ouverte, mimant un gémissement d'extase, tandis que ses copains riaient bêtement ou le sermonnaient. L'expression qu'il singeait était celle de Sree pendant la majeure partie de la vidéo. On aurait dit qu'il était sur le point de vomir. Il m'a fallu des semaines pour me débarrasser de cette image. Son imitation était quasi parfaite.

J'ignore si Anita et mon frère l'avaient vu faire. Peut-être qu'ils avaient décidé de l'ignorer, ce qui semblait fonctionner. J'ai cru que nous les avions semés jusqu'à ce qu'ils réapparaissent au rayon des surgelés.

Pendant un moment, ils ont tenté de se faire passer pour des clients ordinaires tout en chuchotant et en nous jetant des coups d'œil. Le petit a paru en pousser un autre dans notre direction, mais celui-ci a résisté, les pieds plantés dans le sol, et l'a fait reculer.

Le rayon était si court et étroit que seuls quelques mètres nous séparaient. J'ai demandé à Sree et Anita s'ils avaient fini. Le groupe était de plus en plus bruyant et survolté. Anita s'est tournée vers eux.

"Il y a un problème, les gars ? Vous voulez quelque chose ?"

Elle a parlé suffisamment fort pour que, dans le rayon d'en face, deux clients s'arrêtent et les regardent. Sa voix était tremblante.

Les étudiants ont cessé de ricaner.

"Non, rien, madame, a finalement répondu le petit. Enfin, Dileep se demandait si vous accepteriez de nous signer un autographe. Votre petit copain et vous."

Dileep, celui qu'il avait poussé, s'est tourné vers lui et a râlé.

Anita lui a demandé s'il avait un stylo.

"Quoi ?

— Pour votre autographe. Est-ce que vous en avez un ?"

Tandis que les autres riaient nerveusement, ce connard en a trouvé un dans son sac. Il s'est avancé en sortant sa chemise blanche de son pantalon et lui a tendu sa poche.

Je guettais la réaction de mon frère. Il était aussi impassible qu'elle, ce qui n'aurait peut-être pas dû me surprendre. Contrairement à eux, je me tenais prêt, le corps raide, sans savoir à quoi. M'enfuir ? Fracasser le nez du petit ? Déclencher une bagarre ?

Une fois qu'Anita a eu signé, Sree l'a imitée. Il a même dessiné un petit cœur sous son autographe et l'a souligné deux fois.

“Je chérirai ce souvenir toute ma vie, a dit le petit.
— J’en suis ravie”, a répondu Anita.

Nous nous sommes dirigés vers la caisse et avons payé les deux paquets de petits pains avant de quitter le magasin. Anita a marmonné qu’elle n’avait pas besoin de chewing-gums de toute façon.

Il avait commencé à bruiner. Sreenath a traversé la rue pour s’acheter des cigarettes pendant que nous l’attendions à côté du supermarché. J’ai regardé Anita tirer distraitement sur le coin d’une affiche de cinéma, les yeux plissés.

“Je suis désolé de ce qui s’est passé”, ai-je dit.

Elle a continué à décoller le papier.

“Bof. Ce n’est gênant que si on se sent gêné.
— Tu as sans doute raison.
— Les humains sont ainsi faits. Ils ne changeront jamais.
— Pas faux.
— En tout cas, c’était intéressant d’un point de vue anthropologique.”

Elle avait toujours la gorge nouée.

“Ouais.
— Il y aurait des choses à en dire.
— Possible.”

Quelques jours avant, deux de mes camarades de classe qui avaient eu l’occasion de rencontrer Sreenath à la maison m’avaient interrogé sur la vidéo après avoir appris son existence de sources distinctes. Son public local devait augmenter chaque jour. Il était possible, voire probable, que quelqu’un l’ait diffusée sur WhatsApp et qu’elle circule dans différents groupes de vicelards.

Les nouvelles de ce genre se répandaient vite à Trivandrum ; je suppose que c’est le cas de la plupart des scandales sexuels. Sous quelques vidéos du même style et fils de discussion sur le sujet, les internautes s'interrogeaient sur le statut du couple. Des théories prédisaient souvent un meurtre ou un suicide. Si la vidéo circulait assez longtemps, elle engendrait sa propre sous-culture, parfois accompagnée de légendes urbaines. Au lycée, je me souviens qu'on en visionnait une pendant nos soirées pyjamas. On racontait que si vous la regardiez dans le noir entre deux heures trente-trois et deux heures quarante-trois du matin, la fille de la vidéo apparaissait devant vous et vous coupait la bite pour se venger. Certains élèves plus âgés avaient même inventé une incantation : "Manifeste-toi, femme, et prends le puceau que tu désires le plus."

Je ne dis pas que "notre" vidéo avait atteint ce niveau de popularité, mais le fait que Sree porte son uniforme avait dû attirer le cercle idéal pour se propager et prendre l'avantage sur les autres. La beauté d'Anita n'y était sûrement pas pour rien non plus.

Lorsque mon frère est revenu, ils ont allumé chacun une cigarette. Je les ai imités par solidarité. Sree a émis un petit rire et secoué la tête comme s'il n'arrivait pas à croire ce qui venait de se passer.

Toujours aussi bruyante, la bande est sortie du magasin avant que nous ayons eu le temps de partir.

"Est-ce que ça vous dit d'aller boire un verre ? a crié le petit. On vous l'offre."

"Quels connards, ai-je dit. Je peux appeler quelques copains footballeurs. Ils seront là dans cinq minutes. Ces mecs seront bons pour la chirurgie dentaire."

Ce n'était que de la colère, une façon de meubler. Il se peut aussi que j'aie voulu impressionner Anita, ou la réconforter.

Sreenath a paru plus embarrassé par mon embarras que par leur attitude. Anita avait eu la même réaction.

"Tu veux bien te détendre ? Ils sont inoffensifs, a-t-il dit, avant de crier à la bande : Une autre fois peut-être."

Anita a vérifié l'heure à sa montre.

"Il faut que je rentre. C'est plus du retard, c'est pire."

Le petit a applaudi et fait le signe de la victoire. Nous leur avons tourné le dos et sommes partis en direction de chez Sree. Quand je me suis retourné, ils nous regardaient toujours.

III

LA GROTTE DES RÊVES PERDUS

14

Pendant une semaine, rien n'a vraiment changé. Colère : noire. Disputes : fréquentes. Visibilité : nulle. Puis soudain, le samedi soir, une voiture s'est arrêtée devant chez nous. Appa regardait la nouvelle télé, je faisais mes lacets pour aller courir et Amma, assise à table, résolvait les énigmes d'un livre de maths. Avec le recul, je trouve étrange que nous ayons eu le temps ou l'envie de faire des choses aussi banales. J'ai entendu trois portières claquer, suivies du double bip du verrouillage.

Appa s'est approché des rideaux et a jeté un œil dehors. La sonnette a retenti.

"Est-ce que c'est Mathews ?" a demandé Amma.

Mathews était un employé de mon père. Je voulais que ce soit lui, moi aussi. Mathews, Akhil, Tulsi, Chandru, n'importe qui.

Appa a répondu qu'il ne savait pas, il n'y voyait rien.

La sonnette a retenti une deuxième fois, puis une troisième. Il s'est lentement dirigé vers le vestibule. Je l'ai suivi. Il a entrouvert la porte.

"Oui ?"

J'ai deviné qu'il savait ce qui l'attendait.

Sur le pas de la porte se tenaient deux hommes et une femme.

“Je m’appelle Mohan, a dit le plus âgé. Je suis l’oncle d’une camarade de votre fils, Anita. Et voici ses parents, Veena et Ravi. On peut vous parler ? C’est important.”

Appa semblait avoir inspiré trop d’air et hésiter à le laisser échapper. Il s’est retourné comme s’il vérifiait quelque chose, puis il a pivoté et ouvert lentement la porte. Ils ont retiré leurs chaussures et sont entrés. Amma, qui s’était levée de table, triturait le dossier d’une chaise.

Les voir ici, en chair et en os – j’avais si souvent imaginé cette scène que c’était comme voir jouer une pièce que j’avais écrite. Sree était pourtant censé me prévenir si c’était susceptible d’arriver. Son portable était éteint depuis l’après-midi de la veille. Cette façon d’entrer chez nous sans y être invités avait également un côté étrange. On lit ce genre d’histoire dans le journal. J’avais tout de suite craint une forme de brutalité. Des cris, des coups violents à la porte. Une voiture traversant le mur du salon. Des coups de poing. Un malaise d’Appa ou Amma. Jusque-là, ils avaient conservé la même position sur la question : “Nous verrons quand nous serons au pied du mur, si toutefois cela arrive.” Je suis sûr qu’ils en avaient discuté plus longuement en privé. Puisque le sujet ne faisait qu’attiser leur colère contre Sreenath, je ne l’abordais que si c’était inévitable. Peut-être avaient-ils fini par croire que les parents d’Anita n’apprendraient finalement rien ou préféreraient n’en parler à personne. Mais Appa et Amma étaient maintenant au pied du mur. Celui-ci était fait de paille et vacillait terriblement.

La famille d’Anita s’est assise sur le long canapé, tandis qu’Appa s’installait sur le plus court qui formait un angle avec le premier. Il leur a présenté Amma, mais ne m'a pas mentionné. Je me suis attardé dans le vestibule.

La mère d'Anita était une femme mince, coiffée d'un carré discipliné. Sa tunique bleue la faisait paraître plus jeune qu'Amma. Elle avait un air pertinent. Du genre compétent plutôt qu'intelligent. Mais elle était sûrement intelligente aussi. Son mari ressemblait à un scientifique soviétique triste en exil. Épaules tombantes, épaisse moustache grise, cheveux frisés, chemise trop rentrée dans son pantalon.

Mohan, un homme petit et à moitié chauve, a été le premier à parler.

"Vous avez un autre fils, n'est-ce pas ? Sreenath ?

— Oui, a répondu Appa.

— Est-ce qu'il est ici ?

— Non."

Mohan a hoché la tête, pressé les mains et demandé : "Êtes-vous au courant ?"

Appa a hésité une dizaine de secondes.

"Oui."

Son silence avait déjà produit un certain effet.

La mère d'Anita s'est penchée en avant et l'a regardé dans les yeux.

"Depuis combien de temps exactement ?"

L'air toujours perdu, il a paru se demander à nouveau s'il valait mieux mentir. Pour finir, il a inutilement avancé la date de quinze jours et des poussières.

"Environ trois semaines."

Un silence s'est installé dans la pièce. Amma, qui était restée à distance du canapé, s'est approchée, mais est restée debout.

"Je regrette que vous ne nous ayez pas prévenus par simple politesse, a dit la mère d'Anita. Vous auriez pu nous téléphoner. Ou nous rendre visite. Que sais-je. Cela aurait été la moindre des choses. Vous nous auriez beaucoup aidés. Beaucoup."

Son mari a entrelacé les doigts et marmonné son approbation.

Appa regardait fixement ses pieds.

"Vous êtes donc au courant depuis trois semaines, a-t-elle poursuivi. Savez-vous quand nous l'avons appris ? Hier matin. Par un ami de la famille qui en a parlé à l'un de nos proches."

Elle a regardé mes parents tour à tour.

"Anita ne veut rien nous dire. Ses amis non plus. Elle se cache depuis hier. Ils nous ont répondu qu'elle allait bien, mais ont refusé de nous dire où elle se trouve. Ils n'ont même pas voulu nous aider à vous contacter. Nous avons dû visionner la vidéo et chercher le visage de votre fils dans la revue universitaire d'Anita. Est-ce que vous imaginez ? Et aujourd'hui, nous avons sonné à la mauvaise porte."

Elle a secoué la tête, l'air trop contrarié pour s'expliquer.

"Sous la photo de classe du magazine, le nom de votre fils avait apparemment été interverti avec celui de son voisin, a dit Mohan. Ça nous a induits en erreur, et nous nous sommes trompés de maison.

— Nous avons raconté presque toute l'histoire à ces gens avant qu'ils fassent descendre leur fils. Vous imaginez combien ça a été humiliant. Est-ce que vous pensiez que nous n'avions que ça à faire, frapper à toutes les portes de votre rue ? Il fallait nous prévenir. Simple question de politesse."

Je trouverais peut-être ce quiproquo hilarant un jour, mais la mère d'Anita s'était exprimée d'une voix tendue et étranglée.

Appa a poussé une sorte de murmure compréhensif. À présent, les deux autres hommes regardaient leurs pieds. Le père d'Anita hochait également la tête, mais c'était presque imperceptible.

"Nous avons été stupéfiés, a dit Appa.

— Pendant trois semaines ? Pendant trois semaines, vous n'avez pas pensé une seule fois que vous devriez nous en parler ?"

Après un nouveau silence, Amma a pris la parole.

"Nous sommes allés demander à la police de faire disparaître la vidéo. Nous essayons différents moyens.

— Trop de gens sont déjà au courant, a dit la mère d'Anita. C'est de cette façon que nous l'avons appris. Tout le monde le sait. Nos familles. Nos amis. Et les autres le sauront tôt ou tard. Qu'importe si elle est supprimée maintenant. Les gens continueront à jaser.

— Nous comprenons tout à fait votre stupéfaction, a dit Mohan. C'est une des pires choses qui puissent arriver. Jamais je n'aurais imaginé que notre famille se retrouve un jour dans une telle situation."

La mère d'Anita a ajusté sa montre. Son mari affichait toujours une mine sombre.

"Bien entendu, nous tentons aussi de la faire supprimer par différents moyens, a poursuivi Mohan. Un avocat, peut-être. On nous a également parlé d'une société privée.

— Quel âge a votre fils ? a demandé Veena.

— Vingt-deux ans, a répondu Amma.

— Et où est-il en ce moment, s'il n'est pas ici ?

— Quand c'est arrivé, nous… nous lui avons demandé de partir.

— Est-ce qu'il est toujours en ville ?

— Oui.

— Est-ce qu'Anita est avec lui ?
— Nous n'en avons aucune idée."

Appa a levé les yeux vers moi. Les autres se sont tournés dans ma direction.

"Je n'en sais rien."

Je n'étais pas retourné voir Sree depuis trois ou quatre jours, et nos derniers messages dataient du jeudi soir. J'étais certain qu'ils étaient ensemble, mais je n'ai rien dit.

"Peux-tu appeler ton frère pour vérifier ?" a demandé la mère d'Anita.

J'ai regardé mes parents.

"Je lui ai téléphoné il y a une demi-heure. Son portable était éteint."

Ce n'était pas un mensonge.

"Essaie encore.
— Oui, bonne idée", a dit Mohan.

J'ai sorti mon portable et appuyé sur le nom de Sree. Par chance, le message était le même. J'ai mis le haut-parleur en marche.

"Éteint.
— Depuis combien de temps est-ce qu'ils sortent ensemble ? m'a demandé la mère d'Anita.
— Je n'en suis pas sûr. Quatre ans peut-être.
— Quatre ans. Est-ce qu'il y a d'autres vidéos qui circulent sans que nous le sachions ?"

J'ai secoué la tête.

"Ils ne se connaissaient pas avant leurs études ? m'a demandé Mohan.
— Non. Ils étaient dans la même promotion."

À mon grand soulagement, la mère d'Anita s'est tournée vers mes parents.

"Est-ce que vous étiez au courant de leur relation ?
— Non", a répondu Amma.

Appa s'est lissé les cheveux.

"Comme je le disais, cette histoire nous a stupéfiés, nous aussi."

Nous avons traversé une nouvelle phase de silence. C'est Mohan qui l'a interrompue.

"Votre famille possède une entreprise ?

— Oui, a répondu ma mère. De textile. Nous avons quelques magasins.

— Veena est experte-comptable. Ravi travaille à la Life Insurance Corporation depuis… Combien d'années maintenant ? Ravi ?

— Quoi ?

— Depuis combien de temps tu travailles à la LIC ?

— Vingt-six ans.

— Je vois, a dit Amma.

— Quant à moi, j'étais dans les chemins de fer. Retraité à présent. Et que fait votre fils ?

— Il étudie l'expertise comptable, lui aussi.

— Il a passé son diplôme de comptabilité ?

— Oui.

— Ses notes étaient bonnes ?

— Oui. Il l'a eu du premier coup.

— Il faut travailler dur. C'est la dernière ligne droite."

Mohan s'est tourné vers moi.

"Et voici votre cadet.

— Il fait un stage. Dans le journalisme."

Il a paru vouloir poser une nouvelle question, mais la mère d'Anita l'a coupé.

"Que devrions-nous faire d'après vous ?

— Nous avons essayé de faire supprimer la vidéo, a répondu Appa. Je pense que, maintenant, avec votre aide…"

Elle a levé une main.

“Non, ce n’est pas ce que je voulais dire.”

Elle a commencé une phrase puis s’est interrompue pour changer de sujet.

“Nous avons besoin de la nouvelle adresse de votre fils. De son numéro également.

— C’est une maison, n’est-ce pas ? m’a demandé Mohan.

— Oui.

— Une location ?

— Une amie l’héberge gratuitement.

— Y est-elle aussi ?

— Je n’en sais rien. Non.

— Nous allons tout de suite envoyer quelqu’un là-bas. Afin de vérifier si Anita s’y trouve également. Je suppose que oui”, a dit Mohan en fronçant les sourcils.

Appa n’a pas protesté. Il a répondu : “D’accord” et s’est levé pour prendre un stylo. Pendant quelques minutes, il a fouillé bruyamment les tiroirs et dérangé les livres. J’ai fini par aller lui en chercher un dans le placard. Il me l’a rendu. J’ai envisagé de refuser et finalement noté l’adresse au dos d’un ticket de caisse.

“Ça ne vous dérange pas que votre fils fasse ce qui lui chante ? a demandé la mère d’Anita. Je sens que vous allez tout de même faire preuve de dignité. De fierté. Je ne me trompe pas, j’espère ?”

Elle m’a pris le morceau de papier des mains et l’a passé à Mohan sans vraiment le regarder. Sans attendre de réponse, elle s’est levée et a commencé à s’éloigner. Son mari et Mohan l’ont imitée.

Ce dernier a paru agacé de ne pas avoir été consulté.

“Merci. Nous avons simplement besoin de faire le point dans la voiture.”

Le véhicule était une Hyundai i20 noire. Un modèle récent, mais clairement classe moyenne. S’ils avaient roulé en jeep ou en camionnette, j’aurais été deux fois plus inquiet pour la sécurité de Sree.

“Nous allons commencer par vérifier où se trouve Anita”, a-t-il dit.

Dès qu’ils sont sortis, Appa est allé s’asperger énergiquement le visage dans la salle de bains puis a grimpé l’escalier d’un pas rageur en disant : “Parfait, maintenant, tout le reste de la ville va venir nous faire la leçon.”

Amma s’est assise sur le canapé.

“Ton frère a fait des choix. À nous de les assumer. Le destin.”

Un quart d’heure plus tard, j’essayais de joindre Sree et ses amis tout en cherchant les clés du scooter – Appa avait mis les tiroirs sens dessus dessous – lorsqu’on a frappé à la porte.

“Elle est avec lui, a annoncé Mohan. Nous vous tiendrons au courant.”

Cinq minutes plus tard, le nom de mon frère s’est affiché sur mon portable.

J’ai décroché en criant qu’il aurait pu nous prévenir. Sree est resté silencieux, puis il a demandé : “Qu’est-ce qu’ils voulaient ?

— Est-ce qu’Anita est là ?

— Ils l’ont mise à la porte.

— Je passerai ce soir.

— Ne fais pas ça.

— Demain, alors.

— Non. Appelle si tu as besoin de quelque chose.

— Qu’est-ce qu’ils vous ont dit ?

— Un de ses oncles a sonné, puis il a crié un moment. Anita lui a répondu de nous laisser tranquilles. Qu'est-ce qu'ils ont dit aux parents ?

— Je n'en sais rien. Des tas de choses. Ils voulaient surtout savoir où elle était.

— D'accord. Il faut que j'y aille."

J'avais cru qu'une fois que les parents d'Anita seraient au courant, l'espèce de brouillard qui nous empêchait d'avancer se dissiperait. Que, l'abcès crevé, nous nous sentirions plus légers. Au contraire, il semblait que beaucoup trop de gens étaient mêlés à l'affaire maintenant. Que la situation n'allait pas cesser de se compliquer.

15

Le dimanche s'est passé sans incident. Avril et mai sont habituellement plus secs, mais un typhon tombant à point nommé balayait la côte. L'air était lourd d'humidité. Sur les chaînes de télévision, les cartes défilaient.

Dans la soirée, j'ai envoyé un message à Dhruti pour lui demander si tout allait bien chez Sree.

Apparemment.

Je voulais passer, mais il a refusé. Tu y es allée ?

Laisse-les respirer à mon avis :)

Dans une autre conversation, un élève de ma classe à la fac, à qui je parlais à peine, a demandé des nouvelles de ma famille.

Ça va beaucoup mieux. Tout roule.

Cool pour ton frère de couché avec une fille comme elle. Bonne chance pour le rattrapé. Chui trop jaloux...
Il écrivait vraiment comme ça.

J'ai envoyé une capture d'écran à Dhruti. Longtemps après, elle a répondu en deux mots. *Dis donc :/*

J'ai cherché des moyens de prolonger la conversation, avant de laisser tomber.

Lundi soir : incident. Mohan est passé nous voir seul. Assis dans la pièce de devant avec une tasse de thé, il a essayé de parler de la vidéo avec Appa.

“Essayé” car tous deux n’ont pas cessé de tourner autour du pot. Mohan a fini par déclarer qu’un de ses neveux de l’Institut national de technologie le conseillait sur la question. Il s’est ensuite mis à zigzaguer d’un sujet à un autre : Royal Textiles, Sree, Anita, un récent coup de frayeur pour sa santé.

“Ce n’est pas facile de les élever, a-t-il dit au sujet de mon frère. Les influences sont nombreuses de nos jours. Qu’y pouvez-vous ? Qu’y pouvons-*nous* ?” Puis à propos d’Anita : “Elle avait toutes les chances de devenir une jeune fille brillante. Un vrai potentiel, une tête bien faite. Qui sait. Les gens sont plus indulgents de nos jours.” Et concernant sa santé : “Tous ces examens pour découvrir que c’était bénin.”

Penché en avant, les bras croisés, Appa répondait poliment aux questions et hochait la tête.

“Dans des moments pareils, il vaut mieux réfléchir à plusieurs, a conclu Mohan avant de partir. Voilà mon avis.

— Je vois.”

Mardi : la sœur cadette d’Amma a appelé pour dire que leur cousin avait reçu l’appel d’un ami. Quelqu’un l’avait interrogé sur notre famille de la part d’une personne anonyme : caste, finances, passé. J’étais sorti à ce moment-là. Elle m’en a brièvement parlé à mon retour, comme si ce n’était rien.

Mercredi après-midi : Mohan s’est arrêté au magasin et a passé une vingtaine de minutes à mâcher bruyamment des biscuits aux noix de cajou dans le bureau d’Appa qui s’est agacé. Mohan passait dans le quartier et voulait l’avis d’Appa sur quelques avocats. Ensuite, il a décrit en long et en large la situation pénible de sa famille, sa vision pessimiste de l'avenir et expliqué que nous *devions* agir avec fermeté.

"Nous avons déjà perdu beaucoup de temps."

Le jeudi soir, nous avons reçu une deuxième visite de la mère d'Anita. Son mari et Mohan traînaient derrière. Tous trois semblaient avoir passé plusieurs nuits au château de Dracula, surtout Veena. La goutte au nez, elle a demandé un verre d'eau chaude. Le père d'Anita avait gardé son badge autour du cou après le travail. Il n'arrêtait pas de tirer dessus.

"Voilà où nous en sommes", a-t-il marmonné pour une raison que j'ignore.

Cette visite a été brève. C'est Mohan qui s'est chargé d'alimenter la partie bavardage. Une vraie machine. Si vous l'approvisionniez en papier, il était capable de lacérer la constitution d'au moins trois démocraties en un rien de temps.

"Je n'accepte pas qu'Anita s'installe avec un inconnu du jour au lendemain, a dit Veena, avant de s'essuyer le nez avec un mouchoir et de se racler la gorge. Vous devriez parler à votre fils. Dites-lui qu'ils ne peuvent pas vivre ensemble."

Cette fois, Appa s'est exprimé avec plus d'assurance.

"Bon, écoutez-moi bien. Nous ne parlons plus à notre fils. Il n'habite plus ici. Nous ne lui donnons pas d'argent en secret. Si vous voulez que votre fille agisse, c'est à elle que vous devriez parler, non ?"

La mère d'Anita s'est tournée vers son mari.

"Tu entends un peu ?"

Elle s'est tue, l'air d'attendre qu'il intervienne. Il a préféré se gratter l'oreille.

“Non, non, a dit Mohan avec un rire forcé. Il est important que chacun donne son opinion. C’est mieux pour tout le monde. Parlons-nous franchement, et tant pis si nous manquons de politesse. Ce n’est dû qu’aux circonstances, n’y voyons rien de personnel.

— Je ne fais que dire la triste vérité, a répondu Appa. Je suis désolé si j’ai été blessant, mais cela n’avait rien d’impoli.”

La mère d’Anita a répliqué qu’elle n’était pas d’accord.

S’est ensuivi un échange, modéré par Amma et Mohan, qui a duré un moment et ne s’est jamais conclu, car Veena a fini par se lever et partir.

Le lendemain matin, j’ai entendu mes parents discuter de la possibilité de parler à Sreenath, mais d’après ce que je sais, il ne s’est rien passé.

Entre-temps, Appa a découvert le don de cinquante mille roupies qu’Amma avait promis à la collecte de fonds.

“Pour des écoliers ? a-t-il hurlé comme s’il s’agissait d’ennemis mortels qui n’arrêtaient pas de l’escroquer. As-tu perdu la tête ? Comment peux-tu me faire ça ?

— C’est *notre* argent !”

Elle a mentionné la nouvelle télé. Il a répondu qu’il l’avait achetée pour *nous*. Je pensais qu’il allait insister, mais il a dû se souvenir de la facture.

Dans ma chambre, j’ai installé Tinder par nervosité. Il y avait une graphiste web dans le quartier d’Infosys. Une touriste punjabi à Varkala. Une employée d’ONG près de Kollam. J’ai étendu ma zone de recherche au maximum et lentement commencé à étudier chaque profil dans mon lit. Ensuite, j’ai installé Bumble et, plus tard, Hinge.

16

Le vendredi soir, le ciel s'est déchaîné. Le courant sautait sans arrêt. Des lacs bruns se formaient partout. L'arbre devant chez nous craquait tant qu'il semblait pouvoir tomber à tout moment.

Mauvais présage, d'accord, mais je n'aurais évidemment jamais imaginé qu'on puisse conduire par ce temps. Quand il a été vingt-deux heures, j'ai pensé que nous avions survécu à une nouvelle journée. Ensuite, j'ai entendu une voiture s'arrêter dehors. Attablé devant son dîner, Appa a fait tomber le riz collé à ses doigts et s'est lavé les mains pour aller ouvrir. Amma a descendu l'escalier.

Les cernes de la mère d'Anita étaient encore plus profonds, mais son mari et Mohan avaient l'air d'aller légèrement mieux. Elle portait la même tunique bleue qu'à leur première visite. Malgré la courte distance entre la voiture et la maison, ils étaient trempés. Et bien qu'ils aient enlevé leurs chaussures dans l'entrée, ils ont laissé des traces de boue jusque dans le salon.

Veena était fâchée, mais elle avait perdu de sa dureté. Sa colère paraissait perplexe, fuyante. Ses yeux étaient rouges et creux. Elle ne cessait d'expirer bruyamment.

Ceci, ajouté au fait qu'ils avaient bravé une véritable tempête, m'a convaincu que nous allions finalement être assassinés.

“Un autre ami de la famille m'a appelée aujourd'hui”, a-t-elle dit en s'asseyant sur le canapé.

Comme elle avait la voix enrouée, j'ai d'abord cru qu'elle avait attrapé froid, puis pensé qu'elle allait pleurer.

“C'est une personne qui travaille dans le bâtiment voisin du mien. Chez qui nous étions autrefois invités. Trop de gens sont au courant. Comment est-ce que nous sommes censés tenir le coup ?

— Nous sommes tous dans le même bateau, a dit Appa.

— Vous parlez d'un bateau ! Nous sommes en train de couler. C'est différent quand on a une fille. Si vous ne le comprenez pas, alors je ne sais plus quoi dire.

— Nous pourrions retourner voir la police, a proposé Amma. Nous irions tous ensemble et…

— Trop de gens sont au courant. Ce n'est pas assez clair pour vous ?”

Veena a regardé son mari puis Mohan, l'air de leur demander comment ils pouvaient tolérer une telle stupidité.

“Je crois que…” a commencé ce dernier.

La mère d'Anita semblait adorer lui couper la parole. Elle a déclaré d'une voix plus claire : “Je refuse qu'on pense que j'ai si mal élevé ma fille qu'elle fait ce qu'elle veut avec qui elle veut dans toute la ville. Et je ne peux pas rester les bras croisés au lieu d'essayer de remédier à cette situation.

— D'accord”, a répondu Amma.

Appa a gardé le silence.

C'est à ce moment-là que Veena a suggéré de marier Sree et Anita : c'était la moindre des choses au point où nous en étions. Je ne me rappelle pas ses mots exacts, mais ce qui est certain, c'est qu'elle s'est montrée directe.

"Nous avons envisagé toutes les options. C'est celle qui nous convient, et nous ne voulons plus perdre de temps. Malgré votre manque de réactivité, nous sommes convaincus que vous êtes des personnes honnêtes et que vous n'avez que les meilleures intentions.

— Je vois", a dit Amma.

Appa regardait Mohan et le père d'Anita.

"Il est trop tard pour sauver la face, c'est le mieux que nous puissions faire, a poursuivi Veena. Et c'est évidemment le choix le plus responsable et le plus honorable. Celui qu'on attend de nous, parents.

— Je vois."

Pour beaucoup de gens ayant grandi ici, au sein d'une certaine classe moyenne, cela semblait probablement la procédure à suivre dans ces circonstances. Honneur, déshonneur, mariage, rédemption, *et cetera*. Il m'était venu à l'esprit que c'était ce qu'on risquait de nous demander. Mes parents avaient dû y réfléchir aussi, vu la teneur des précédentes visites et de l'appel reçu par le cousin d'Amma. En fait, avec le recul, je suis presque certain qu'ils évitaient le sujet, tandis qu'en face, la famille d'Anita essayait de l'aborder.

J'ai tout de même eu l'impression que nous avions brusquement pris une voie parallèle pour pénétrer dans une version plus ancienne de la ville, et que nous nous étions éloignés du problème principal : la vidéo.

Bien sûr, je ne m'étais jamais trouvé dans une situation semblable à celle de la mère d'Anita. J'imagine qu'il y avait beaucoup de pression. Le besoin de maintenir les apparences et de garder le contrôle. La tentation d'opter pour une solution rapide – le genre de chose qu'on fait quand on se sent impuissant. Sans oublier toutes les considérations qu'ils avaient sûrement jugées pragmatiques. La question n'avait pas dû se poser longtemps.

Quand j'ai raconté cette scène à certains amis de fac, j'ai voulu faire l'intéressant en expliquant que je regardais *La Grotte des rêves perdus* de Werner Herzog au moment de leur arrivée. Que j'avais arrêté le film sur l'image d'une peinture rupestre. Que je m'étais étonné de la perspective très limitée des personnes présentes et de leur petitesse à l'égard de tout ce qui se passait dehors. "D'un côté, je me disais : ce sont des gens instruits, diplômés. De l'autre, je savais que ça n'avait aucune importance, c'était une cause perdue."

En réalité, bien sûr, la télé était éteinte et ça faisait très longtemps que j'avais vu ce documentaire.

Mohan s'est raclé la gorge.

"À cause de ce qui s'est passé, Anita n'a plus aucune chance de se marier. Je suis sûr que c'est pareil pour votre fils. Ils s'aiment bien, puisqu'ils sortent ensemble depuis quatre ans. Et aujourd'hui, ils vivent sous le même toit. De notre point de vue, ça n'a rien de compliqué. Ils nous remercieront eux-mêmes un jour. Ils ne peuvent plus compter que l'un sur l'autre, n'est-ce pas ? Qui plus est, lorsqu'on nous interrogera au sujet de la vidéo, nous pourrons au moins répondre que les jeunes mariés ont été piégés.

— Je vois", a répondu Amma.

Elle avait dû réfléchir à ce que nous expliquerions à nos proches s'il fallait en arriver là. Le mariage n'était pas une mince affaire. Nous ne pouvions pas nous contenter de glisser un carton d'invitation sous leurs portes et filer. Nous allions devoir nous justifier. À ce stade, je crois qu'elle pensait encore que tout s'effacerait avec le temps et sans effort, avant que d'autres personnes n'en entendent parler.

"Écoutez, est intervenu Appa. Si c'est notre bénédiction que vous souhaitez, vous l'avez. Mais comme je l'ai dit, elle ne vaut pas grand-chose. Nous ne sommes plus en contact avec notre fils, nous refusons de communiquer avec lui. Et il ne nous écoutera certainement pas. Il vaut mieux que vous vous adressiez directement à lui et que vous fassiez ce que vous avez en tête.

— Il n'en est pas question, a répondu la mère d'Anita. C'est à vous de lui parler, pas à moi. Franchement, je n'arrive pas à croire que vous vous comportiez ainsi. Vous êtes responsables de ce qu'a fait votre fils. Vous êtes responsables de tout ce qui est arrivé et de tout ce qui se passera à partir de maintenant. Je devrais crier. Je devrais vous menacer. Mais je m'adresse à vous le plus poliment possible, et c'est ainsi que vous réagissez ? Franchement, c'est vous qui auriez dû me proposer ce mariage. Quel est le problème ? Vous pensez peut-être que nous ne valons rien après ce que votre fils a fait à notre famille ? Que vous êtes trop bien pour nous ?

— Jamais de telles idées ne nous ont effleurés", a dit Amma.

Je n'en étais pas si sûr.

Appa s'est penché en avant et frotté les yeux avec les paumes.

“C’est une question de décence, a poursuivi la mère d’Anita. Parlez à votre fils aujourd’hui. Trouvez les mots qu’il faut. Ma patience a atteint ses limites, contrairement à ce que vous semblez croire.”

Elle s’est levée et dirigée vers la porte. Dehors, il pleuvait toujours si fort que je découvrirais plus tard une grenouille sur le rebord de la fenêtre de ma chambre.

“Restons en contact, a dit Mohan à Appa. Cette période n’est facile pour personne. Nous sommes tous à bout de nerfs. La colère est forte. Mais je suis certain que nous parviendrons à un accord. Nous nous sentirons bientôt tous mieux.”

Comme à son habitude, le père d’Anita était silencieux. Les yeux fixés sur le sol, il ne s’est levé que lorsque Mohan lui a touché l’épaule. Vu son expression, j’ai pensé qu’il songeait sérieusement à se pendre avec le cordon de son badge.

Après leur départ, mes parents ont continué à discuter dans le salon au lieu d’aller se coucher. Si Amma ne savait pas très bien quoi faire, Appa, lui, était d’avis que nous ne fassions rien. Il s’accrochait aux dernières paroles de Mohan – “nous parviendrons à un accord” – qui, selon lui, signifiaient que la mère d’Anita avait eu besoin de se défouler, qu’après une bonne nuit de sommeil, elle reviendrait à la réalité.

17

Mon stage s'était terminé au début de la semaine. Le samedi, je me suis rendu au bureau, où je n'étais allé que cinq fois auparavant, pour récupérer mon attestation. Beaucoup de mes collègues stagiaires avaient décroché des postes. Je ne suis même pas resté discuter avec le rédacteur en chef. De toute façon, il semblait indifférent à mon existence.

J'ai préféré rouler jusqu'à Zam Zam où j'ai commandé deux shawarmas gras et fait défiler mes messages. En mangeant, j'ai postulé à un emploi d'assistant de production sur le tournage d'un film indien au Viêtnam. L'annonce était apparue sur une page Facebook d'emplois dans les médias. Hanoi était à plus de six mille cinq cents kilomètres de Trivandrum. Et on pouvait même s'y rendre par la route.

Dernières nouvelles de Blue Hills : Veena avait appelé. Le matin, Mohan était passé chez Sree – soi-disant pour prendre des nouvelles d'Anita. Il avait évoqué le projet de mariage. Mon frère avait refusé et l'avait insulté avant de claquer la porte si violemment que Mohan prétendait avoir perdu l'audition.

Assise à côté du téléphone, Amma regardait fixement le Taj Mahal dans sa boule à neige.

Quand Appa l'a appris, il s'est plaint que le toit de l'entrepôt avait des fuites et que l'eau avait imbibé une partie des articles.

"Ça, ce sont de vrais problèmes, nos problèmes. Quoi qu'ils veuillent faire avec Sreenath, on ne devrait pas s'en soucier. C'est terminé."

Mon instinct me disait que, sans cette histoire de mariage, il se serait calmé avec le temps et aurait même fini par demander à Sree de rentrer.

Mon frère n'a pas paru mécontent de me voir. Ou peut-être était-il soulagé de ne pas avoir ouvert à quelqu'un d'autre.

"Rallume ton foutu portable, ai-je dit en entrant.

— Je ne trouve plus mon chargeur.

— N'importe quoi."

Il portait à nouveau sa chemise du corps des cadets. Comme il manquait les deux boutons du haut, il avait l'air d'un méchant des années 1970.

"Je n'ai pas été embauché, ai-je dit.

— Où ça ?

— Laisse tomber."

Enveloppée dans une couverture, Anita était étendue sur le matelas du salon, le dos calé contre trois coussins appuyés au mur. Une serviette humide était posée sur son front. Elle a entrouvert un œil.

"Salut. Ça va ?"

Elle ressemblait à ces statues bouddhiques qu'on découvrait régulièrement dans les montagnes.

Je lui ai demandé si elle allait bien.

"Ouais, je sors juste d'une horrible migraine. Ça va mieux maintenant. Ne vous occupez pas de moi."

Sreenath semblait avoir fait le ménage dans la maison. Toutes les bouteilles avaient disparu et certaines parties du sol étaient encore humides. Les rideaux étaient fermés, mais la lumière de l'après-midi passait à travers, colorée de rose.

Il s'est assis près des pieds d'Anita et a commencé à gribouiller dans ce qui devait être son carnet de croquis. J'ai traîné la seule chaise en plastique jusqu'au matelas et me suis assis en face d'eux.

"Qu'est-ce qu'il t'a dit au juste, Mohan ?

— Des trucs sans queue ni tête.

— Ils sont passés à la maison pour discuter. Retrouve ton chargeur. Qu'est-ce que tu lui as répondu ?

— De se mêler de ses affaires.

— En ces termes ?

— Non, mais pas loin.

— Tu lui as claqué la porte au nez.

— Il voulait entrer à tout prix.

— Ils ont appelé Amma ensuite."

Sree continuait à dessiner.

"Honnêtement, mon oncle n'est pas très malin, a dit Anita sous sa serviette.

— Est-ce qu'ils t'ont chassée de chez toi ?"

Anita a récité l'histoire.

Elle était dans sa chambre quand elle avait entendu du brouhaha en bas. Quelques membres de sa famille, dont Mohan, se disputaient. Son père était monté. Il était apparu à l'entrée de sa chambre, l'avait dévisagée, puis était parti dans la sienne. Il avait sorti les valises et commencé à faire ses bagages. Sa mère était montée et l'avait rejoint, suivie de deux tantes et d'un autre oncle. Son père disait qu'il était fatigué de toute cette anxiété, de toute cette inquiétude à la maison. À présent, plus moyen d'être tranquille. "Je veux retourner dans ma ville.

Je veux vivre libre." Ensuite, il avait abandonné ses valises, descendu l'escalier et sauté dans sa voiture. Voulant l'empêcher de fuir, un autre membre de la famille était monté. La voiture avait démarré et était partie en trombe.

Anita ne savait toujours pas très bien si c'était à cause de la vidéo. Son père avait toujours détesté leur mode de vie. Il s'était montré distant pendant son enfance, mais s'ils s'entendaient sur un sujet, c'était bien celui-ci. Le principal problème était que les membres de sa famille maternelle habitaient tous autour de leur maison. Tantes, oncles, cousins, grands-parents. Ils n'étaient pas exactement voisins, mais pouvaient se rendre les uns chez les autres à pied. Et ils adoraient marcher. Anita les surnommait "la brigade" en raison de leurs points communs. Il y avait toujours eu de fréquentes disputes à cause d'eux. La scène qui venait de se dérouler n'avait rien de nouveau.

Sa mère était entrée dans sa chambre et ressortie. Deux minutes plus tard, sa tante était venue l'interroger. Était-elle au courant ? Depuis combien de temps ? Qui avait filmé ? Et pourquoi ? Anita ne se rappelait plus ce qu'elle avait dit, si elle avait répondu. Sa tante lui avait demandé de faire ses valises. "Tu vas devoir habiter chez moi. Ta mère ne veut plus te voir." Anita n'entendait plus que le sang battre dans son crâne.

La tante avait attrapé un sac de voyage et commencé à passer ses affaires en revue, jetant les unes sur le sol, rangeant les autres à l'intérieur. Anita avait déclaré qu'elle ne bougerait pas. Elle avait essayé de parler à sa mère. Malgré ses supplications, la porte de sa chambre était restée fermée.

La tante continuait à faire ses bagages. Mais Anita avait déjà préparé un sac, au cas où. Elle l'avait récupéré sous le lit et y avait fourré son ordinateur, son portable et un carnet. Quelques minutes plus tard, elle avait quitté la maison et hélé un autorickshaw.

"*Exit* Anita. Rideau."

La serviette, qu'elle avait retirée de son visage, était posée sur sa nuque.

"Il ne reste plus qu'à attendre. Ou pas."

J'ai vu Sree déplacer sa jambe jusqu'à ce qu'elle touche la chaussette d'Anita.

"Est-ce que ça va, sinon ? ai-je demandé. Dans l'ensemble ?

— Je m'attendais pas à grand-chose."

Elle s'est redressée.

"Tu vas vomir, a dit Sreenath.

— Ça va. J'ai mal au dos."

J'avais envie de détourner le regard, à le voir s'inquiéter comme ça.

"Ne le prends pas mal, mais ta mère semblait vraiment « dérangée » quand elle est passée, dis-je. Et ton père, déconnecté, du début à la fin."

Anita s'est contentée de hocher la tête, l'air aussi intéressé que si je lui donnais des nouvelles de la planète Mars.

"Qu'est-ce que vous comptez faire maintenant ?

— Qu'est-ce qu'on peut faire au juste ?

— Ils vont peut-être nous bombarder au napalm, a dit Sree avant de fredonner *La Chevauchée des Walkyries*.

— Un jour, en première année, j'ai porté une jupe qui s'arrêtait juste sous le genou. Deux jours plus tard, la même tante est passée chez nous après avoir acheté des vêtements qui, selon elle, m'iraient beaucoup mieux. Ma mère l'a remerciée à la moindre occasion les quatre semaines suivantes. Une autre fois, à un mariage, un abruti avec qui j'avais discuté s'est soûlé, a pris le micro et m'a dédié une chanson. Vous auriez dû entendre le silence. Et je ne parle pas des regards de ma famille. Apparemment, j'avais « rigolé » trop fort à ses blagues. J'avais ri comme une personne normale, merde. Et ce n'est que la partie visible de l'iceberg. Être une femme dans ce pays est une foutue plaie. En tout cas, ils sont sûrement convaincus que ce qui se passe n'est que la conséquence de tout ça. Rien à foutre.

— Peut-être qu'ils vont tous devenir extrémistes et tabasser des couples le jour de la Saint-Valentin", a dit Sree.

Cette blague n'a pas fait rire Anita.

"Qui sait.

— Des personnes mariées de force qui organisent un mariage arrangé."

Elle s'est attaché les cheveux et est allée se laver le visage.

"Je suppose que tu n'es pas près de rentrer à la maison, ai-je dit à Sreenath.

— En effet.

— Est-ce que tu en as envie, au moins ?

— Pas vraiment.

— Mais qu'est-ce que tu dessines ?

— Une bite géante.

— Super, un autoportrait. Je t'ai envoyé deux mille roupies. *Via* Google Pay."

Il n'a pas levé les yeux.

"Pourquoi ? À qui tu as volé ça ?

— Mon stage. C'est une partie de mon salaire.

— J'en ai pas besoin. Merci quand même.

— Tu as découvert un système de commerce alternatif ? Tu génères des bitcoins sur ton Lenovo pourri ?

— J'ai encore de l'argent sur mon compte. Et il y a Anita. Et nos amis. De toute façon, je vais chercher du travail. Et Anita travaille à son compte.

— Rends-moi l'argent, alors. J'ai intérêt à économiser puisque je n'ai pas été embauché.

— À t'entendre, c'est de ma faute."

Anita est revenue s'asseoir à côté de lui.

"J'ai commencé un dessin pour Instagram. Une tranche de vie. À propos de cette histoire au mariage."

Elle a fermé les yeux et étalé la serviette sur son visage.

J'ai décidé de rester encore un peu. Elle a continué à parler, surtout sous le coup de la colère. Elle a aussi continué à jurer et à employer des expressions comme "*Exit* Anita". Je savais que Sree voulait que je parte – il lâchait une dizaine de sous-entendus par minute.

Même s'ils faisaient comme s'ils s'en fichaient, je leur ai fourni une description plus détaillée de ce qui s'était passé à la maison. J'avais vaguement espéré qu'Amma avait tenté de contacter Sree, afin de vérifier au moins si tout allait bien. C'était raté.

Le soleil disparaissait rapidement. Je ne me souviens pas que nous ayons discuté d'un sujet en particulier. Peut-être que nous étions tous fatigués, car je ne crois pas non plus que nous nous soyons disputés, abstraction faite des piques de Sreenath. Nous avons regardé plusieurs épisodes d'affilée de la comédie *Karikku* sur l'ordinateur d'Anita. À un moment, on a tous failli s'endormir.

Dans la soirée, Dhruti est passée. J'avais officiellement un gros faible pour elle à présent. Le nombre de filles pour qui je craquais augmentait rapidement : des copines de fac, des amies de la famille, Trisha qui était maintenant à Bombay, la jeune boulangère que j'avais swipée sur Tinder. Entretenir ces relations était un travail quotidien, et je trimais. Avec Dhruti, il y avait les discussions sur les animés. Les publications que je voyais défiler sur Instagram. L'image d'elle levant les yeux des formulaires jaunes avec ce sourire approuvé par l'ordre des dentistes, et me demandant : "Tu veux le faire ?"

Dans une scène invraisemblable qui me revenait sans arrêt, Dhruti et moi nous habillions avant de rejoindre Sree et Anita pour un brunch.

Ce soir, elle n'était pas venue pour calmer le jeu.

Elle nous a salués de la main, Sreenath et moi, avant de se tourner vers Anita.

"Incroyable."

Apparemment, ils étaient déjà tous au courant de la demande de sa famille.

"C'est fou, c'est dingue, a-t-elle dit en allumant une cigarette. Du pur délire.

— En parler, c'est leur donner du crédit, a dit Sreenath.

— Ce n'est rien d'autre que du harcèlement. Continuez à tenir bon. Tout le monde est de votre côté. Pas question de céder."

Qui était ce "tout le monde" ? J'ai visualisé un groupe muni de pompons et de banderoles : Dhruti, Arjun Samouraï, Joel, Meghna, les autres copains de fac d'Anita, les membres de la rédaction de sa revue, quelques-uns de ses abonnés sur Instagram, les complices de Sree dans ses entreprises à moitié hasardeuses, ses admirateurs du lycée et de l'université qui l'aimaient pour son effronterie, et les amis plus sophistiqués qu'il s'était faits au fil des années.

Anita l'a remerciée.

"À moins que vous ayez envie d'accepter, ce qui est une très bonne chose aussi.

— Pourquoi pas faire quelques gamins pendant qu'on y est ?

— Je disais ça comme ça. Vous avez presque vingt-trois ans, tous les deux. Vous faites ce que vous voulez. C'est votre choix.

— Pas question qu'on se marie, a répondu Sree.

— Ouais. Ou alors dans cinquante ans, ou cent, a dit Anita.

— Voilà.

— En parler, c'est vraiment leur donner du crédit.

— En tout cas, ce qui est arrivé n'a aucune importance de nos jours, a dit Dhruti. Vraiment aucune. Ce n'est quasiment rien. Vous pouvez en être sûrs. Je ne dis pas que vous en doutez, mais…"

Sree a grogné.

"Elle va encore nous parler de toutes ces *camgirls* qu'elle trouve inspirantes.

— N'interromps pas sa leçon, a dit Anita.

— Je devrais vous faire payer mes précieux conseils, bande de couillons."

Je les ai écoutés en fumant sans rien dire, mais j'aurais vraiment aimé que Dhruti arrête de jeter de l'huile sur le feu et parte en vacances quelques semaines.

Vers dix-huit heures trente, un ami de Sree est arrivé avec de l'herbe. Reghu ou Raghav, quelque chose comme ça. Il avait des enceintes dans son sac, était fan de Pink Floyd et semblait n'avoir jamais entendu parler de la vidéo. Il a beaucoup parlé des avantages du cannabis hydroponique.

Lorsque Sree a ouvert les rideaux, le crépuscule a répandu de longues ombres sur le sol. Dans la rue, quelques enfants faisaient la course à vélo. J'avais déjà fumé de l'herbe quatre ou cinq fois, et ça m'avait plu. Quand j'ai tiré quelques bouffées, une lente chaleur a envahi mon corps. Je n'avais jamais pris de bain, mais j'imaginais que la sensation était la même.

Un moment plus tard, Dhruti et l'autre mec ont tenté de fabriquer un bang avec une bouteille dans la cuisine. Je les tenais à l'œil de loin. *Hey You* passait en boucle.

"Je me souviens d'une fois où j'ai écouté cette chanson, a dit Anita à Sree. En deuxième année de fac. J'étais dans un minibus avec toute ma famille, les cousins et le reste. Je crois qu'on allait à un hôtel dans le Tamil Nadu. Tout le monde dormait. Mon compte avait atteint les deux mille abonnés. On n'arrêtait pas de s'envoyer des messages au sujet d'une idée de dessin que tu avais eue. Celui de la vache, je pense. Ça devait être la semaine après la remise de notes. À force de lutter contre le sommeil, j'avais presque des vertiges."

Je me suis adossé au mur et j'ai frotté mes cheveux contre le béton. C'était agréable, autant que de les écouter.

Elle a ensuite commencé à parler d'un film Bollywood. Sreenath s'est mis à déclamer des répliques qu'il connaissait par cœur.

Mon portable a sonné. La mère d'Anita. J'ai répondu.

"Si ton frère refuse, c'est toi qui devras l'épouser. Il n'y a absolument aucune autre option. Et il faut le faire immédiatement. Tes parents sont d'accord. Ton frère le sera aussi."

Ça, c'était juste moi qui rêvais les yeux ouverts, évidemment. La gravité de mes désirs était parfois si puissante qu'elle entraînait n'importe qui. Anita et moi vivions ensemble, préparions des spaghettis et gagnions notre vie grâce à notre art, coupés du reste du monde.

Titubante, Dhruti est entrée en toussant dans la pièce, a arrêté *Hey You* pour mettre une chanson que je ne connaissais pas, puis s'est laissée tomber juste à côté de moi. Cette fois, j'ai tout de suite reconnu un mélange chimique de pêche et de chlore en sentant ses cheveux. Quant à ses vêtements, ils puaient l'herbe. La sueur aussi. Ses yeux n'étaient plus qu'un entrelacs de vaisseaux rouges.

Avant que je sois remis de ma surprise, elle m'a donné un coup de poing dans le bras.

"C'est sympa de te voir détendu pour une fois. Tu es toujours tellement nerveux. Un vrai chef de bureau. Là, c'est cool. Tu pourrais être un type cool qui fume en solo. C'est chouette.

— J'ai vraiment l'air d'un chef de bureau ?"

Dhruti a ri en renversant la tête et m'a touché le bras à nouveau.

"Je suis sérieuse. Tu devrais fumer plus souvent. Et peut-être faire du yoga. Tu joues au foot, c'est ça ?

— Pas aussi souvent qu'avant, mais oui.

— Tu as un corps d'athlète. J'ai toujours voulu y jouer.

— Tu as l'air plutôt sportive aussi. Ça doit venir de la natation.

— Avant, avec des copains, on se glissait au bord de la piscine de mon immeuble après la fermeture. L'été, on y passait des nuits entières à lire, à écouter de la musique. On était comme dans une bulle. C'était top.

— J'aimerais bien avoir une piscine.

— J'adorerais jouer au foot."

Soudain, elle s'est mise à tousser en faisant voler des postillons et a couru vers la cuisine de peur de vomir.

Je peux t'apprendre les bases.

Je joue samedi prochain.

Au foot, tout est dans le…

J'ai entraîné tellement de joueurs qu'on m'appelle le…

Tu peux rejoindre mon équipe. Quand tu veux.

Tu peux rejoindre mon équipe quand tu veux.

Lorsque Dhruti est revenue, Anita l'a embarquée dans une discussion, et j'ai eu beau examiner chacun de mes ongles et grains de beauté, Reghu/Raghav m'a parlé en long et en large de *The Division Bell*.

Une demi-heure plus tard, le cousin de Dhruti est passé la chercher.

Elle a lancé un "À plus" à tout le monde, s'est pris les pieds dans un câble et a disparu dans un ronflement de moteur bollywoodien très années 1980.

Au total, j'ai dû rester cinq ou six heures ce jour-là – je n'avais jamais passé autant de temps avec Sree et Anita. Il était tard quand je suis parti. Zigzaguant à toute vitesse à travers la circulation nocturne, je me suis senti agile et plein de charme. Les voitures et les motos me frôlaient. De l'air froid gonflait ma chemise.

J'aurais dû continuer à rouler.

Le salon ressemblait à un cube de lumière blanche, et mes parents avaient une discussion sérieuse. Non seulement mon euphorie est retombée, mais je me suis senti instantanément coupable de m'être détendu chez Sree, puis furieux que l'atmosphère soit quasiment à la fête chez eux alors même que tout ça était en cours.

J'ai jeté un coup d'œil à la grande enveloppe posée sur la table basse.

D'après Appa, c'était Veena qui nous l'avait envoyée. Elle contenait les données biographiques de leur famille – le métier de chaque parent, les diplômes de leur fille, leur caste –, ainsi qu'un portrait ancien d'Anita, l'air réservé, dans un salwar kameez jaune.

IV

FILS DÉLINQUANTS, FAMILLES BELLIQUEUSES ET SUPERORDINATEURS

18

Malgré cette épaisse enveloppe, Appa n'a pas changé un mot de son discours lorsque la mère d'Anita a appelé le dimanche soir : nous n'étions plus en relation avec Sreenath. Comme d'habitude, cette phrase l'a rendue furieuse.

À bout de nerfs, il a passé le téléphone à Amma.

"Mais il n'y a pas que notre fils, il semble que votre fille ne soit pas d'accord non plus."

C'est Mohan qui a répondu.

"Ce type de situation est complexe. Comme il s'entête, Anita hésite évidemment à accepter. C'est tout naturel. Et j'ai constaté moi-même combien son refus était grossier et violent. C'est pourquoi il est essentiel que vous ayez une vraie discussion avec lui. Immédiatement."

Croyaient-ils vraiment qu'Anita subissait l'influence de Sree ? C'est possible. Ils devaient aussi penser que c'était à mes parents de mener cette campagne : parler à Sreenath, obtenir son accord et s'assurer qu'il obtienne celui d'Anita.

Le lundi et le mardi suivants, Veena nous a téléphoné à trois reprises pour nous demander des nouvelles. Chaque fois, elle a nommé une personne qui venait de découvrir la vidéo et, chaque fois, elle a paru s'arracher davantage de cheveux. La famille d'Anita semblait très sociable, du moins par rapport à la nôtre. Ils connaissaient tout le monde en ville et tout le monde les connaissait. À en croire sa mère, ce mariage réparerait tous les torts causés à ses proches.

Pendant ce temps-là, Appa regardait fixement la télé en imaginant d'étranges solutions.

"Et si on payait un astrologue pour qu'il déclare que cette union serait fatale pour toutes les personnes concernées ?"

Je ne sais pas s'il était sérieux, mais la mère d'Anita ne semblait pas du genre à se laisser intimider par un astrologue récalcitrant. Elle convoquerait simplement quatre ou cinq de ses spécialistes et leur demanderait un contre-avis. L'enveloppe qu'elle avait envoyée ne contenait même pas de thème astral.

Au cours de ces deux jours, ses revendications sont passées du statut d'idée bancale à celui de plan solide prêt à être exécuté. Finalement, Appa et Amma ont décidé d'oublier leur aversion pour ce mariage et de parler à Sreenath. On était mercredi soir.

Je l'ai appelé avec mon portable, puis j'ai essayé de lui passer nos parents.

"Si c'est au sujet des conneries de Mohan, laisse tomber. D'ailleurs, je n'ai aucune envie de parler."

Appa et Amma ont décidé de lui rendre visite le lendemain.

C'était ce que j'avais désespérément voulu éviter. J'ai tenté de filer en prétendant que j'avais un entretien d'embauche. Mais, par remords ou à cause des supplications d'Amma, je n'ai pas pu. Quand est venue l'heure de partir, je me suis retrouvé sur la banquette arrière, prêt à traverser l'après-midi humide.

Cette atmosphère me rappelait nos trajets orageux les soirs de rencontres parents-professeurs. Nos profs trouvaient immanquablement le moyen de faire l'éloge de Sree, tandis que j'étais "un rongeur de crayon lunatique – distrait, à ne jamais placer à côté d'une fenêtre, et peu disposé à exploiter son potentiel". Les éloges que recevait Sreenath m'apportaient tout de même un certain soulagement. Non parce que j'étais un frère génial, mais parce que cela faisait baisser la tension à la maison.

Lorsque mon père s'est garé en face de sa maison, Amma a refusé de bouger.

"Allez-y tous les deux, a-t-elle marmonné en retenant presque son souffle. Je surveille la voiture."

Appa et moi sommes restés assis un moment à balayer les environs du regard. Bien qu'il soit déjà venu, il semblait surpris par les chiens qui broutaient l'herbe et les ordures de couleurs vives sur le bord de la chaussée. Nous sommes sortis. Appa m'avait demandé de ne pas prévenir Sree de notre visite. Je lui avais tout de même envoyé un message auquel il n'avait pas répondu.

Apparemment, il n'avait pas non plus l'intention de nous ouvrir. Enfin, après environ cinq minutes de coups de sonnette, la porte s'est entrebâillée. Sree s'est glissé dehors et placé devant la porte, la main serrée sur la poignée. Appa a fait deux pas en arrière.

"Qu'est-ce que tu veux ? a demandé Sree aux sandales d'Appa.

— Pourquoi fais-tu autant de difficultés ?"

Lui s'adressait au pas de la porte.

"Cette question est ridicule.

— Pourquoi faut-il que tout soit si compliqué ?

— Si tu tiens vraiment à le savoir, c'est très simple. Je ne veux pas me marier parce que je ne veux pas.

— Il ne fallait pas faire ces *choses* si tu n'étais pas prêt à assumer les conséquences.

— Quelles conséquences ? Tout ça, c'est de la stupidité pure et dure. Tu perds ton temps à me parler."

J'ai aperçu Anita près de la fenêtre du salon. Appa l'a vue aussi. Il a disjoncté.

"Sais-tu que l'entrepôt est inondé ? On a de l'eau jusqu'aux chevilles."

Là-dessus, il a tendu la main vers Sree, comme pour l'attraper. Sree a fait un bond en arrière et s'est enfermé. Appa, qui semblait déterminé à enfoncer toutes les portes du monde, s'est mis à frapper celle de la maison, tandis que j'essayais de le retenir.

"Pas ce que vous attendiez de la vie, hein ?" a lancé un des deux jeunes qui passaient.

Appa a remporté sa colère chez nous, massant son poing endolori, et décidé de prendre les devants. Il a appelé Mohan pour lui dire que nous avions fait de notre mieux pour convaincre Sree, que cela n'allait pas marcher et qu'ils devraient se débrouiller seuls, bonne chance. Il n'a même pas attendu sa réponse avant de raccrocher.

19

La mère d'Anita n'a appelé ni le jeudi ni le vendredi. Deux jours pendant lesquels j'ai été malade, après que le bruit parasite de ma gorge s'était transformé en petite fièvre. Sur Instagram, j'ai découvert que Dhruti était fiévreuse elle aussi. Une photo la montrait dans son lit, avec des plaquettes de comprimés alignées à côté d'elle. Au milieu du brouillard, je l'ai revue me tousser au visage et imaginé que j'étais possédé par ses microbes. Que je ressentais les mêmes frissons qu'elle, que nous partagions quelque chose d'intime. Ce fantasme s'est avéré utile et distrayant, car en plus de la maladie, le silence de Veena m'angoissait. L'air avait un goût métallique. Le téléphone paraissait menaçant. On aurait dû boucler la zone autour et envoyer la brigade antiterroriste.

J'aurais tellement aimé entrer dans un sommeil cryogénique. Un été, enfant, j'avais décoré mon lit pour qu'il ressemble à une cryomachine. Bouton réglé sur l'an 13000 de l'ère holocène. Voitures volantes et amis robots. Un nouveau départ.

Dans le présent, la mère d'Anita a recommencé à passer. Je ne pense pas exagérer en disant qu'elle s'est mise à hanter les lieux.

Lorsqu'elle a sonné le samedi suivant, je descendais, enveloppé dans une couverture, en lisant un article offrant des conseils sur les rencontres en ligne. Amma a jeté un coup d'œil dehors, cachée derrière les rideaux.

"Je lui parlerai plus tard au téléphone. C'est mieux."

La mère d'Anita n'était que partiellement visible. Elle est restée face à la porte pendant cinq minutes, puis a jeté un coup d'œil à la fenêtre où nous étions. Elle a sonné à nouveau. Amma m'a demandé si les rideaux étaient translucides. Les cinq minutes se sont transformées en dix, ponctuées de plusieurs coups de sonnette.

Vêtue d'un sari vert émeraude, Veena avait le dos et le cou si droits qu'elle semblait regarder par-dessus une palissade imaginaire. Toutes les quelques minutes, elle sortait de son immobilité, les bras croisés, pour se retourner et observer le reste du lotissement. Rien dans son attitude ne suggérait qu'elle se préparait à partir.

Au bout d'un quart d'heure, Amma est finalement allée ouvrir en soufflant comme si elle venait de dévaler l'escalier. Une prestation médiocre.

"Il est vraiment inadmissible que vous nous traitiez ainsi après tout ce qu'a fait votre fils.

— J'étais sous la douche, a répondu Amma, parfaitement sèche.

— Vous pensiez que je m'en irais.

— Ne nous traitez pas de menteurs, s'il vous plaît. Il vaudrait peut-être mieux pour tout le monde que vous téléphoniez avant de passer.

— Pour vous laisser le temps de trouver une excuse ?"

Cette scène se déroulait à la vue de tous nos voisins. Quand Amma l'a invitée à entrer, Veena a répondu qu'elle préférait rester où elle était.

Amma a tenté de répéter avec émotion ce qui s'était passé chez Sree, sans avoir peur d'en rajouter sur nos supplications, le geste brusque d'Appa et le claquement de la porte.

"Et alors ? Si une visite n'a pas suffi, je vous suggère d'y retourner autant de fois qu'il le faudra pour obtenir ce que vous voulez.

— Peut-être que nous devrions attendre quelques mois. Ils pourraient céder plus facilement.

— Plus j'attendrai, mieux vous vous en sortirez grâce à vos belles paroles. Ne croyez pas que je suis dupe.

— Voulez-vous vraiment marier de force deux personnes qui ne souhaitent même pas vivre ensemble ?

— Je n'en ai aucune envie. Mais je n'ai pas le choix. Quelqu'un doit le faire. Et qui parle de les forcer ? Ils sont déjà ensemble. Et depuis quatre ans. Ils ont déjà fait ce que font les couples mariés, et en public. À ce stade, ce n'est qu'une formalité. Et c'est la meilleure solution pour tout le monde. Vu la souffrance que nous endurons, c'est le moins qu'ils puissent faire."

Pour mettre fin à la conversation, Amma a répondu qu'elle essaierait de faire mieux la prochaine fois.

Veena a aussitôt commencé à appliquer son propre conseil – revenir autant de fois qu'il le faudrait pour obtenir ce qu'elle voulait. Elle a sonné chaque jour de la semaine suivante afin de savoir si nous avions eu une chance de régler le problème. Au lieu d'entrer, elle argumentait sur le pas de la porte et repartait en disant qu'elle reviendrait.

À chaque coup de sonnette, je mettais mon casque sur mes oreilles et tentais de ne pas l'écouter. Mais même comme ça, j'en entendais assez pour savoir que son discours ne changeait pas. Nous n'avions rien de nouveau à dire non plus. Appa avait reproché à Amma d'avoir promis de réessayer. D'après lui, il fallait seulement se montrer ferme. Sa position restait la même : "J'ai déjà dit à Mohan tout ce qu'il y avait à dire. Je vous suggère de parler à votre fille et au mari que vous lui avez choisi et d'arranger les choses entre eux. Ce n'est plus en notre pouvoir maintenant. Désolé."

On aurait pu croire qu'une résistance aussi impolie mettrait fin à l'idée d'une alliance avec notre famille. Pas dans l'esprit de Veena. Elle semblait encore plus déterminée. Pour elle, ce n'étaient que des difficultés temporaires. Le salut était à portée de main.

Amma a fait appel à un marieur et essayé de déterrer des histoires intéressantes. Elle avait déjà fait des recherches similaires pour plusieurs amies. Aujourd'hui, elle disait vouloir savoir exactement à qui nous avions affaire. À mon avis, elle espérait aussi trouver un argument de poids pour soutenir la résistance.

Le marieur n'a pas tardé à la rappeler.

Le père d'Anita avait entre huit et dix ans de plus que sa mère – ce n'était pas rare au sein d'un mariage arrangé. Ce n'était assurément pas une tare. Du côté maternel de la famille, il y avait surtout des cadres. Du côté paternel, c'était moins chic : ils récoltaient le caoutchouc et possédaient des terres juste à l'extérieur de la ville. C'était une grande famille. Ils étaient croyants, comme Appa et Amma. Pas fanatiques, comme Appa et Amma. Nous savions déjà qu'ils appartenaient à la même caste générale que nous, où ils habitaient et ce qu'ils faisaient. Jusque-là, rien d'intéressant du point de vue d'Amma.

"Mais attendez", a dit le marieur.

Quelques années plus tôt seulement, le père d'Anita avait souffert d'une dépendance au jeu. À l'époque, sa femme projetait d'ouvrir son propre cabinet comptable. Il s'était montré si doué pour s'endetter qu'elle avait dû non seulement dire adieu à son projet et ses économies, mais aussi emprunter à des proches. Aujourd'hui, la dette était évidemment remboursée, mais l'affaire avait fait jaser et nui à leur réputation. Certains proches s'étaient demandé s'il était possible d'accumuler une telle dette rien qu'en jouant. Selon une des théories les plus croustillantes et les moins fondées, le père d'Anita aurait eu une deuxième famille.

"Et ce n'est pas tout, loin de là, a dit le marieur. Leur fille. Vous n'allez pas le croire. Sa situation est ca-tas-tro-phique. Évitez ce mariage à tout prix."

N'ayant pas pris la peine de vérifier l'identité de la deuxième personne de la vidéo, il nous a raconté l'affaire et gaiement demandé cinq mille roupies.

"Pour quoi faire ? a demandé Appa à Amma. À quoi est-ce que cela a bien pu servir ?"

Je crois que cette histoire de jeux l'a rendu plus compatissant envers Veena. Pauvre femme ambitieuse et pleine d'initiative, victime de l'incompétence d'un autre – et à deux reprises. Appa détestait les féministes mais appréciait les femmes qui avaient la droiture et le penchant dictatorial d'Indira Gandhi.

Pour moi, les informations du marieur jetaient un nouvel éclairage sur certaines parties de la vie familiale d'Anita dont elle ne parlait jamais et auxquelles Sree avait seulement fait allusion.

Globalement, il est possible qu'elles aient aggravé les choses.

Amma ne savait pas comment tirer concrètement parti de cette histoire de dette. Mais un jour, à la cinquième visite environ, elle s'est dit : *Ce n'est pas comme si leurs problèmes avaient commencé avec nous.* Elle s'est soudain sentie autorisée à ignorer les coups de sonnette incessants.

La fois suivante, au lieu de nous parler depuis l'entrée, la mère d'Anita a garé sa voiture en face de la maison et, au lieu de sortir, est restée assise là ; à couvrir des liasses de documents de coups de crayon bleu.

Quand Amma est allée la voir, elle a répondu qu'elle travaillait en attendant que nous fassions notre devoir. Ensuite, elle a remonté sa vitre et s'y est remise.

Cette scène s'est répétée chaque jour suivant. Parfois, elle restait au moins trois ou quatre heures. Souvent, la radio était allumée. Et toujours, ses vêtements, sa coiffure et son maquillage étaient impeccables. Le temps qu'elle passait dans sa voiture semblait étirer physiquement nos journées, comme si nous devions marcher d'une minute à la suivante.

"Elle peut rester là aussi longtemps que cela lui chante, disait Appa. Continuez à l'ignorer."

Si j'avais d'abord considéré le mariage comme la procédure à suivre, je ne pensais certainement pas que son acharnement entrait dans cette catégorie. En fait, j'avais du mal à croire à ce qui nous arrivait, qu'un tel problème survienne aussi facilement. Pourquoi personne ne lui demandait-il d'arrêter ? Que comptait-elle faire ensuite ? En observant son visage de marbre et sa position sur le petit siège avant, je me suis demandé si elle ne se considérait pas comme une activiste ou une martyre sacrifiant sa vie à une cause dont les personnes concernées la remercieraient un jour. Elle espérait peut-être que les gens trouveraient sa douleur admirable. Ou au moins qu'ils cesseraient de lui reprocher d'avoir mal élevé sa fille – ce que même Amma semblait faire – et verraient en elle une victime plutôt qu'une coupable. Ayant déjà subi une humiliation par la faute de son mari, elle refusait peut-être de supporter celle infligée par sa fille sans réagir. Ainsi, il était possible que cette démonstration ne soit qu'un déferlement de rage, sans rapport avec un plan pour parvenir à ses fins. Peut-être qu'elle ne s'attendait même pas à un "oui".

"Parfois, on voit des détraqués au milieu de la circulation, a dit Appa. Ils viennent forcément d'un foyer ou un autre. Et de temps en temps, on les rencontre en personne."

Les habitants de notre lotissement toléraient mal les étrangers. La sécurité a appelé Amma pour lui demander s'il fallait continuer à laisser entrer la mère d'Anita. Certaines personnes s'étaient renseignées sur la Hyundai i20 branchée sur Red FM. Nous aurions pu répondre que non, mais mes parents redoutaient qu'elle n'aggrave la situation. Et si elle se plantait en hurlant devant l'entrée ou venait faire une scène à la boutique ? Le plan général consistait à l'épuiser sans envenimer les choses. À mon avis, mes parents commençaient à se trouver négligents et irresponsables. Ils devaient également penser que toutes les personnes au courant de l'affaire étaient du côté de Veena et les traitaient de traîtres.

Pendant cette période, Amma n'est pas sortie de la maison une seule fois. Et quand la voiture était garée dehors, elle ne quittait même pas le dernier étage – comme si elle se sentait protégée en existant sur un plan différent.

Lorsqu'il le pouvait, Appa aussi restait chez nous, mais il piétinait dans toute la maison.

"Est-ce vraiment une façon de faire ?" a-t-il demandé à Mohan au téléphone.

Celui-ci lui a donné une réponse très tiède : les choses se passaient mal à la maison et il était naturel qu'une mère réagisse aussi vivement. N'avions-nous pas regardé la vidéo ?

"C'est quoi la prochaine étape ? a dit Appa. Vous allez envoyer des hommes de main nous passer à tabac ?"

Amma était partagée. Elle avait commencé à composer le numéro de Sree de temps en temps et à me demander de ses nouvelles. Celui-ci refusait ses appels et se coupait du monde pendant des heures. Le jour où il a enfin décroché, elle lui a dit, d'un ton pragmatique : "Ça ne peut pas continuer comme ça."

20

À l'époque, j'arrivais toujours chez Sree avec une avalanche de nouvelles. Au début, Veena était l'objet de mon entière frustration et de ma stupéfaction, mais très vite, elle m'est apparue comme un être hermétique à toute rationalisation et communication. Comme le mauvais temps. Bientôt, j'ai été plus furieux contre ce que j'estimais être le refus de Sree et Anita de nous aider à régler le problème.

Extérieurement, j'essayais de rester calme. Et je n'y allais jamais avec une intention précise, même s'il m'arrivait tout de même de leur demander s'ils ne pourraient pas se marier pour nous sauver. Parfois, ils haussaient les épaules ou faisaient comme s'ils n'avaient rien entendu. Le reste du temps, ça provoquait une dispute, surtout si je m'obstinais.

Sree aimait bien me faire signe d'inspirer avec les mains.

"Inspire profondément, OK ?"

C'était facile de le haïr.

Anita m'a raconté que ses parents ne lui parlaient plus. Elle passait par Mohan et sa clique pour les contacter. Elle avait essayé toutes sortes d'arguments qu'elle a rageusement comptés sur ses doigts : pouce) Sreenath était d'accord pour l'épouser, mais jamais elle n'accepterait, alors sa mère devrait arrêter de passer chez nous et s'adresser uniquement à elle ; index) Sree et elle se marieraient plus tard, d'ici deux ans, peut-être même moins ; majeur) Sree et elle avaient en fait rompu ; annulaire) Sree voyait quelqu'un d'autre depuis un moment ; auriculaire) s'ils se mariaient maintenant, ils divorceraient tout simplement dans deux mois ; pouce de l'autre main) ils appelleraient la police si cela continuait ; index) ils étaient déprimés et allaient faire un geste radical.

Quoi qu'il en soit, le camp adverse avait refusé de la croire ou bien s'en moquait. Voici ce qu'on lui avait répondu : "Réfléchis encore un peu, s'il te plaît", "On fait ça pour ton bien", "On sait mieux que toi ce que te réserve l'avenir", "Si vous voulez divorcer dans deux mois, soit, mais écoute-nous pour le moment" et "Évite d'aggraver la situation pour tout le monde à cause de principes absurdes. Réfléchis bien".

Je ne sais pas si Mohan essayait de se montrer solidaire de Veena ou si c'était vraiment sa position. Anita n'en savait rien non plus. En fin de compte, elle ne s'y retrouvait pas mieux que moi.

Comme elle répétait que sa mère n'allait plus tarder à abandonner, j'ai répondu : "Si je puis me permettre, tu as de la merde dans les yeux."

Sreenath a tenté de me raccompagner à la porte. Toutes ces années sous la tutelle d'Appa avaient parfait mes éclats de voix.

"Tu pourrais pas, pour une fois, voir un peu plus loin que le bout de ton nez ?

— Je fais que ça, et tout ce que je vois, c'est un putain de carnage, bien humiliant. Qui se marie comme ça ? Qu'est-ce que c'est que ce bordel ?"

J'étais d'accord, mais : "Et les parents alors, tu crois qu'ils se sentent pas humiliés ? Est-ce que tu es capable, au moins, de penser un peu aux autres ? Chaque jour est une souffrance."

Je me suis tourné vers Anita.

"Et si tu rentrais chez toi ? Ça calmerait sans doute ta famille. Retourne là-bas et restes-y.

— Pas question. Ça ne changerait rien, de toute façon. Le mieux, c'est d'attendre que les choses se tassent. Tout ira bien.

— Peut-être qu'on devrait s'enfuir et disparaître pour de bon, a dit Sree.

— Ah oui ? En nous laissant le problème sur les bras ?"

Je ne me rappelle pas tout ce que je leur disais, quand j'y allais, mais la plupart des visites débutaient par un compte rendu des dernières nouvelles. Parfois, j'essayais de parler de choses sans rapport avec la vidéo. Mais le plus souvent, cela dégénérait. Je m'étonnais toujours qu'ils me laissent entrer. Mais ils me mettaient rapidement dehors.

Sree et Anita fumaient tant que l'air était opaque. Le sol était dégoûtant. Apparemment, certaines espèces de cafards raffolent de la cendre de cigarette. Pauvre Meghna. Son oncle au Qatar avait appris que sa maison servait de refuge et à qui. Il voulait qu'elle soit vidée sans délai.

Quels signes indiquent que deux personnes traversent une période très stressante ? Le désordre, bien sûr. La migraine que Sree et Anita semblaient se renvoyer. Leur indifférence à l'hygiène. Une perte de poids dans le cas d'Anita. Une prise de poids dans celui de Sree. Un regard mort dans les deux. Insomnie.

Ils paraissaient s'isoler de plus en plus dans leur bunker. Je crois qu'après les premiers appels chez elle, Anita avait même cessé de parler à Mohan.

Leurs amis avaient eux-mêmes l'air de rester à distance. C'était peut-être ce qu'on leur avait demandé. J'étais content qu'il n'y ait plus personne. Même si j'aurais bien aimé croiser Dhruti, je ne voulais pas qu'elle voie celui que j'étais devenu. J'imaginais qu'elle tenait à ce que je reste loyal au bon camp, celui de Sreenath, naturellement.

Un jour, l'échange entre lui et moi a été si foudroyant, nos cris si exaltés, que j'ai eu l'impression de quitter mon corps. En face de moi, Sree paraissait tout aussi sonné. Son visage congestionné avait viré au bleu. Anita nous observait depuis la table en se massant les paumes comme elle avait appris à le faire sur YouTube. C'était censé réduire le stress. J'ai donné un grand coup de pied dans une bouteille pleine de Minute Maid et suis sorti en jurant tandis que le jus se répandait partout.

Le lendemain matin, lorsque Sreenath m'a à nouveau laissé entrer, j'ai compris qu'ils allaient probablement céder.

À mon retour, la mère d'Anita était garée dehors et regardait ses documents. Assis à table, Appa était entouré de formulaires fiscaux et dessinait une sorte de marguerite sur son bras. Amma était encore montée d'un niveau. Elle était sur le toit où elle aérait des couvertures, les yeux larmoyants à cause du soleil. Elle a sauté le déjeuner et est allée se coucher.

Ce soir-là, j'ai appris aux informations qu'une famille avait été ensevelie par un glissement de terrain. J'ai eu honte que nous nous disputions tous pour si peu, que nos problèmes soient aussi artificiels.

“Ma foi, au moins ils sont en paix, a dit Appa. Dieu est grand.”

Le même soir, Sree a répondu à un appel d’Amma. C’était la première fois qu’il lui parlait depuis son départ de la maison. Même s’il maintenait que la mère d’Anita allait se calmer, sa voix paraissait plus inquiète.

Le lendemain, j’ai pensé que je pouvais vraiment faire bouger les choses. Telle Kendall Jenner dans cette publicité où elle met fin à une émeute en servant du Pepsi, j’ai rempli une tasse de thé et suis allé voir la mère d’Anita assise dans sa voiture.

“Ces choses-là ont moins d’importance que vous le pensez. Les gens s’en moquent. Savez-vous ce qui se passe dans le monde en ce moment même ? Aujourd’hui, à Agra, un homme de trente ans…”

Elle a remonté sa vitre et regardé droit devant elle.

21

Je crois que c'est arrivé au cours du dixième ou onzième sit-in de Veena, même si cela ressemblait plus au quarantième ou au cinquantième. En sortant la Civic de l'abri en marche arrière, Appa a mal calculé l'angle de son virage et est rentré dans la Hyundai. La mère d'Anita est sortie en hurlant : "Suis-je devenue invisible au point que vous me rouliez dessus ?" Elle a commencé à nous accuser de n'avoir ni humanité ni honneur, de tenter délibérément de l'humilier et de l'intimider.

"Ce n'est qu'un accrochage, a dit Appa en tâtant le flanc de sa voiture. Regardez."

La veille, il y avait eu un orage dans la matinée. Elle a pointé du doigt l'arbre qui craquait devant notre maison.

"Hier, il aurait pu tomber sur moi et m'écraser. J'aurais pu mourir. Est-ce donc ce que vous voulez ? Vous me laissez attendre ici sans rien faire !"

Amma et moi étions sortis en même temps que nos voisins. Le mari de Karthika nous a demandé si tout allait bien. Ma mère a essayé d'empêcher tout le monde d'approcher, en souriant comme s'il s'agissait d'un subtil malentendu. La plupart des habitants du lotissement avaient dû entendre parler de la vidéo. Mais j'avais l'impression qu'ils commençaient à nous voir comme des fauteurs de troubles.

"Allons discuter à l'intérieur, a dit Amma à Veena.

— Je ne bougerai pas d'ici. Et si je pars, je reviendrai tout de suite."

Elle est remontée dans sa voiture et restée comme promis devant chez nous une heure de plus, avant de partir. La maison était silencieuse. Tout le lotissement semblait silencieux. Où qu'il ait voulu aller, Appa a reporté sa sortie. Amma s'est mise à défiler entre le vestibule et la cuisine. Plusieurs fois, elle a décroché le téléphone et l'a reposé. Je suis monté et j'ai essayé de lire le journal.

Il était midi quand elle m'a demandé de l'emmener chez Sree. Nous y sommes allés en auto-rickshaw. Le ciel était bas et opaque. L'air sentait la mer et, en approchant de la maison de Sree, les égouts, à plein nez.

Cette fois, il a ouvert tout de suite. Anita se tenait quelques pas derrière lui. Amma leur a lancé un regard furieux, mais surtout à Anita, qui aurait pu choisir un autre jour pour porter un t-shirt de Sree. Je crois qu'Amma la tenait pour responsable d'un tas de choses, y compris de l'entêtement de mon frère. Rien de rationnel, simple parti pris maternel.

"Je suis fatiguée, a-t-elle dit. Ça ne peut plus durer. Vous allez devoir le faire."

Sree semblait pris de court par sa présence chez lui. Anita évitait son regard.

"C'est tellement stupide et insensé, Amma, a-t-il geint. Ce n'est pas réaliste. Que dirons-nous aux gens ?

— Ce que vous voulez. C'est la seule solution convenable."

Sree s'est empoigné les cheveux en grognant.

D'abord la découverte angoissante de la vidéo, puis son expulsion, toute cette pression, le caractère viral du film lui-même, l'incertitude de l'avenir…

Au fil des dernières semaines, j'avais commencé à le considérer comme un adulte à part entière, comme un homme de trente ou trente-cinq ans plutôt que vingt-deux. Mais sur le coup, on aurait dit un gamin.

"Veux-tu que je me tue ? a demandé Amma. Parce que je ne vois pas d'autre solution.

— Ouais, super. Vas-y."

Anita a retiré ses lunettes et les a essuyées sur son t-shirt.

Comme Amma ne prononçait plus un mot, Sree a recommencé à grogner et s'est tourné vers moi. Là, j'ai perdu une bonne occasion de me taire.

"Tout le monde en a assez. Dites oui, maintenant.

— Ce n'est pas comme si nous avions vraiment le choix", a répondu Anita.

22

Appa et Amma ont téléphoné à cinq ou six de nos proches parents. Tous apprendraient la nouvelle tôt ou tard ; autant la leur annoncer nous-mêmes.

Amma a parlé aux femmes, Appa aux hommes. Le fait de vivre depuis si longtemps avec la vidéo semblait leur avoir permis d'acquérir le vocabulaire nécessaire à cette tâche.

"Il y a eu un léger problème…", ainsi commençait chaque appel de mon père. Puis : "Apparemment, quelqu'un a découvert une photo, un clip ou autre, des bêtises, nous ne savons pas vraiment, tout ça est très étrange, mais…"

"Circonstances compromettantes", "erreurs", "fâcheux", "négligence". Appa se faisait prier pour livrer chaque détail. Si nos proches s'obstinaient, il sortait la formule : "Nous ne pouvons nous en prendre qu'à nous-mêmes."

Après cinq minutes d'échange, il disait : "Nous avons donc parlé à la famille de la jeune fille et nous avons tous jugé que le meilleur moyen d'avancer était de leur permettre de se marier. De cette façon, ils seront là l'un pour l'autre et, bien entendu, c'est ce qu'il convient de faire."

Il faisait ensuite l'éloge de la famille d'Anita en la qualifiant de vertueuse, de compréhensive et digne de confiance. Il plaçait également que la cérémonie serait modeste et qu'étant donné les circonstances, nous n'invitions personne.

On ne raconta pas grand-chose à la mère d'Appa. À quatre-vingt-sept ans, elle était proche de la béatitude sénile. Les parents d'Amma ne comprenaient rien à la technologie. Appa leur a dit beaucoup de choses à la fois, y compris que quelqu'un avait transformé certaines images à l'aide d'un superordinateur de pointe. Il n'a pas spécifié leur nature et les a laissés avec cette conclusion : "Mais tout est résolu maintenant."

Naturellement, nos proches ont été stupéfiés. N'osant pas interroger mes parents, c'est moi qu'ils ont appelé. Leurs intentions étaient peut-être bonnes, mais chacun avait son avis sur ce que nous avions fait de travers. Et tout le monde était spécialiste d'internet. Tous savaient comment parler aux fils délinquants ou aux familles belliqueuses. Bien entendu, nous avions déjà envisagé les solutions qu'ils nous proposaient. J'ai fait de mon mieux pour rester poli. Apparemment, le statut de notre famille avait diminué. J'ai entendu Appa se plaindre que nous étions tombés assez bas pour que les gens aient envie de nous donner des conseils et pour que nous soyons obligés de les écouter et de les remercier, comme s'ils nous changeaient la vie.

Une fois qu'un bout de la famille a été au courant, l'autre n'a pas tardé à l'être. Des cousins éloignés aux anciens collègues d'Appa, ils appelaient et disaient : "Écoutez, il y a une rumeur qui circule, nous voulions juste vous le signaler."

Malgré tout, le cessez-le-feu étant déclaré et leur confession faite, je pense qu'Appa et Amma dormaient mieux.

Depuis la visite d'Amma, Sree ne me parlait plus vraiment. S'il discutait avec l'un de nos parents, c'était seulement parce que la conversation était inévitable ou qu'elle concernait un détail logistique. Eux non plus ne mouraient pas d'envie de lui parler. L'augmentation du nombre de personnes au courant avait ranimé leur embarras.

Mohan jouait les intermédiaires. Avant la fin de la semaine, une date a été fixée.

À cette période, j'étais toujours dehors à gaspiller du carburant en allant nulle part. J'ai reçu quelques e-mails pour des entretiens d'embauche, mais je n'y ai pas répondu et j'ai laissé mon portable éteint. Je suis passé chez le coiffeur puis, n'étant pas satisfait, j'y suis retourné. Je voulais changer de look. Pour la première fois de ma vie, j'ai également accepté un gommage du visage et une pédicure. Mais tout est resté sordide.

De temps à autre, des amis m'appelaient. Si, par hasard, ils faisaient allusion à la vidéo, j'en profitais pour leur demander comment leur famille réagirait, selon eux, dans une situation semblable. Ce n'était en aucun cas une provocation, comme l'ont cru certains. Je tenais sincèrement à le savoir.

23

Le mariage a eu lieu dans une petite salle jaune au bureau d'état civil de Pattom. En plus des parents d'Anita, il y avait deux membres de leur famille. Seuls Appa, Amma et moi représentions la nôtre – et nous avions quand même l'air trop nombreux. Plus tôt ce matin-là, Appa avait essayé d'éviter la cérémonie en se plaignant de son épaule bloquée. À présent, il semblait avoir une conversation télépathique avec tous les objets poussiéreux de la pièce. Il regardait fixement la lampe un moment, puis l'imprimante, puis le presse-papier au motif hivernal, puis de nouveau la lampe. Debout à côté de lui, Amma ne cessait de rougir.

C'était une chaude journée. Personne n'essayait vraiment de parler aux autres. Une femme a demandé à Amma quel était le métier d'Appa, même si elle le savait certainement. Amma lui a quand même répondu et l'échange s'est arrêté là. Chacun était en tenue décontractée, à l'exception de Veena qui portait un sari de couleur vive. Ce qui n'avait rien d'exceptionnel. Maintenant que le mariage avait lieu, elle semblait ne plus savoir comment se comporter. Devant ses invités, elle prenait un air joyeux et soulagé. Elle devait s'y sentir obligée – après tout, elle en avait fait voir de toutes les couleurs à tout le monde. Mieux valait que ce ne soit pas pour rien.

Le père d'Anita était sombre et distrait. D'après ce que j'ai compris, il n'était pas opposé à ce mariage. Simplement agacé qu'on l'ait forcé à venir. Lorsqu'un mouvement nous a rapprochés, j'ai vu que la sueur dessinait une carte de la Russie sur son dos.

"Tu t'es absenté de l'école ?

— Je viens de terminer l'université.

— Je vois.

— Depuis un moment, en fait.

— Je vois. Quelle école ?

— Euh, je parlais de l'université. Pas de l'école."

Il a ouvert un bouton de sa chemise.

"Sais-tu pourquoi ces ventilateurs tournent toujours au ralenti dans les bureaux administratifs ?

— Non."

Il les a regardés fixement.

"C'est sans doute pour éviter que les documents s'envolent. On y brasse beaucoup de papier.

— Oui, bonne remarque."

Mohan a déposé Sree et Anita en taxi cinq minutes après l'arrivée de tout le monde. Lui portait un t-shirt bleu et un pantalon noir ; elle, son sweatshirt noir et un jean. J'avais à moitié espéré qu'ils ne viendraient pas. Maintenant qu'ils étaient là, j'avais la sensation d'avoir un organe en trop.

"Tu as besoin de quelque chose ? ai-je demandé à Sreenath.

— Non."

De près, tous deux sentaient le vin. Et ils avaient l'air de chanceler. Je les ai imaginés dans le couloir de leur maison, vidant une bouteille juste avant de monter dans la voiture. Le reste des invités ne semblaient pas s'en rendre compte. Ou alors ils faisaient comme si de rien n'était.

Anita nous ignorait tous. Sa mère a essayé de lui faire une remarque au sujet de ses cheveux détachés. Plus qu'un drapeau blanc, c'était visiblement une interaction feinte par égard pour les personnes réunies. Anita s'est tournée de l'autre côté et a toussé dans sa main. Son père, qui se trouvait là, ne l'a même pas regardée.

Un jour, au cours d'une discussion houleuse chez Sree, elle avait brusquement pris la défense de sa mère.

"Oui, elle peut être effrayante, mais elle n'est pas littéralement stupide ni dérangée. Quand j'étais petite, j'admirais sa façon de gérer la situation. Elle n'est pas *méchante*. D'ici quelques jours, elle se calmera et redescendra sur terre."

Pour faire bonne mesure, elle nous avait raconté une anecdote datant de ses quatorze ans. Elle se concluait ainsi : "Et même si je ne m'étais jamais intéressée à la musique ni à la batterie avant, et qu'il était évident que je cherchais juste à me rapprocher du prétendu *girls band* de Fatima, ma mère débordée m'a emmenée voir des batteries d'occasion à l'autre bout de la ville, comme si c'était la chose la plus urgente au monde."

Avec cette histoire, elle voulait peut-être insister sur la nécessité de patienter sans rien faire. En tout cas, aujourd'hui, elle avait l'air de se sentir trahie.

Les invités ont en grande partie gardé le silence. Seul Mohan ne cessait de dire des bêtises telles que : "Quoi qu'il soit arrivé, disons-nous que c'était pour le mieux. Il faut espérer que tout ira bien dorénavant."

Ce "dorénavant" était difficile à imaginer. D'après Amma, la famille d'Anita voulait que Sree et elle partent rapidement vivre à Chennai, lorsqu'elle aurait son diplôme – les cours s'étaient terminés avant même l'apparition de la vidéo, et il ne lui restait qu'à rendre son mémoire. À Chennai, elle pourrait commencer à travailler dans le cabinet comptable d'un ami de la famille. Si Sree le souhaitait, il poursuivrait ses études, continuerait son stage dans un autre cabinet et s'inscrirait dans une école d'expertise comptable de la ville. Sinon, la famille d'Anita l'aiderait aussi à trouver un travail.

Ce déménagement était censé leur offrir un peu de répit. En attendant, Mohan louait pour eux un appartement pas très loin de la maison des parents d'Anita.

"Qu'est-ce qu'il a dit ? a demandé Amma après que j'ai parlé à Sreenath.

— Pourquoi aurait-il envie de dire quoi que ce soit ?"

Anita et lui avaient la mine sombre. Ils restaient délibérément éloignés l'un de l'autre et je ne les ai pas vus échanger un seul regard de toute la cérémonie. Quand la main d'Anita a effleuré celle de Sree, ils ont tressailli.

Par chance, il s'agissait surtout de signer et de tamponner des papiers. Mohan a pris quelques photos avec son portable.

À la sortie, nous avions le reste de la matinée devant nous. Le ciel était nuageux. J'ai eu l'impression de sortir d'une salle de cinéma – comme si j'avais assisté à un événement qui se déroulait en dehors de la vie réelle et ne comptait pas vraiment.

Appa, Amma et moi avons regardé Sree et Anita grimper dans le taxi qui les attendait pour les ramener chez eux. Mohan était assis à côté du chauffeur.

Veena a paru vouloir s'approcher pour nous dire quelque chose, mais elle est finalement montée dans sa voiture et s'est sauvée.

24

En réaction à cette cérémonie, Appa s'est installé au bureau de Sree pour bouder et Amma est allée au temple voisin, quittant la maison d'un pas décidé, comme si elle allait exiger un remboursement.

Je suis parti au terrain de foot de mon ancienne école où j'ai participé à un match de quatre heures particulièrement brutal. J'ai reçu un coup de coude dans le menton, pris un coup de crampons dans un genou tendu et failli perdre un œil.

Dans un deuxième temps, ma réaction a été d'appeler Dhruti et de l'inviter à prendre un café. J'avais décidé de le faire aussitôt sorti du bureau d'état civil. Tout au long du match, je m'étais tant rejoué notre rencontre chez Sree – d'où peut-être le nombre de mes blessures –, je l'avais étudiée si minutieusement – les rires, la main sur mon bras, l'étincelle dans ses yeux, les taquineries – qu'à mon retour à la maison, j'étais certain qu'elle accepterait de me voir sur-le-champ, même si Sree lui avait apparemment raconté que j'étais un sale traître et un casse-pieds. Il me semblait que, si je pouvais lui expliquer tout ce qui s'était passé chez nous depuis l'achat de la voiture, si elle m'écoutait et me comprenait, je me sentirais incroyablement léger et immédiatement capable de digérer toute l'affaire. Je l'imaginais même hocher la tête d'un air préoccupé. "Ça n'a pas dû être facile. Mon pauvre. Ouah. Au fait, qu'est-ce qui est arrivé à ton visage ?"

Dans ma chambre, j'ai posé mon verre d'eau, fait de la place sur mon lit et vérifié si mon portable était chargé à soixante-dix pour cent minimum. Notre conversation ne durerait pas moins que ça. Je l'ai appelée. Elle a répondu et j'ai aussitôt réalisé qu'elle n'avait même pas enregistré mon numéro. Ensuite, lorsque j'ai précisé qui j'étais, elle m'a salué avec si peu d'enthousiasme que j'ai été obligé de m'asseoir et de boire mon verre d'eau.

À l'inverse, l'ambiance était bruyante et colorée derrière elle. J'entendais des tintements d'assiettes, de la musique et, par-dessus, de nombreuses voix superposées.

J'ai foncé et lui ai proposé de prendre un café.

"Malheureusement, je n'ai pas plus de nouvelles du policier. Je l'ai appelé hier. Apparemment, il y a eu un piratage de haut niveau au centre de recherche spatiale. Quelqu'un a volé des trucs au sujet d'une fusée et ça leur complique beaucoup la vie."

Par rapport à la dernière fois – le soir où elle planait –, sa voix était plate et pleine d'angles pointus.

"Es-tu quand même partante pour un café ?"

Une femme l'a appelée. Elle a posé la main sur son portable et répondu pendant quelques secondes d'un ton enjoué, avant de reprendre notre appel.

"Pardon ?

— Je demandais juste si tu aimerais quand même prendre un café. Histoire de discuter."

Dans le fond, l'ambiance semblait encore plus bruyante. Qu'est-ce que tous ces gens pouvaient faire de si amusant ?

"Euh, je ne suis pas sûre d'avoir le temps cette semaine, non."

Son "euh" m'a paru interminable.

J'ai également remarqué qu'elle ne proposait pas d'autre date. Ça ne m'a pas arrêté.

"La semaine prochaine alors ? J'arrive juste de la cérémonie et je ne sais pas si Sree te l'a dit, mais j'ai donné un bon coup de main là-bas. C'était affreux. Enfin, je suppose qu'il faut considérer ce mariage comme un compromis pragmatique…"

Alors que je montais en puissance, je me suis aperçu que Dhruti avait de nouveau éloigné son portable. La même femme lui demandait si elle savait où se trouvaient les tasses blanches. Cette fois, c'était *Thriller* qui passait.

Qui pouvait écouter Michael Jackson un jour pareil ? J'ai eu la soudaine impression que Dhruti était une simulatrice qui n'avait traîné chez Sree et fait tout ce cinéma que pour être au cœur de l'action. Aujourd'hui, elle dansait sur de la pop pendant que le reste d'entre nous, ceux qui se sentaient vraiment concernés et avaient vraiment essayé d'aider, en bavait. Elle aurait pu avoir la politesse d'aller dans une pièce plus calme. Il y en avait sûrement une. Et les tasses blanches pouvaient sûrement attendre deux minutes. Elle aurait au moins pu me suggérer de rappeler plus tard. Cherchait-elle à me montrer combien elle s'amusait ? Elle savait probablement que le mariage avait eu lieu, alors pourquoi un tel manque de compassion ? Est-ce que je n'en méritais pas ?

À son retour, il y avait un sourire dans sa voix, comme si elle était encore amusée par une blague qu'elle venait d'entendre.

"Excuse-moi, tu disais ?"

J'ai vidé mon verre d'eau et me suis rappelé qu'elle m'avait traité de chef de bureau. Sur le moment, j'avais trouvé ça charmant, mais plus vraiment maintenant.

"Je *demandais* : et la semaine prochaine ? Pour ce café ?" Puis j'ai ajouté, afin de sous-entendre qu'elle manquait à son devoir : "Quant à ton ami policier, j'espérais qu'il aurait quelque chose à ce stade. Parce que j'étais chez Sreenath récemment, juste pour donner un coup de main, et..."

Une assiette s'est brisée, ou peut-être que j'ai fait voler une tasse blanche en éclats par la force de mon esprit. J'ai cru entendre Dhruti rire. Quelqu'un s'est mis à applaudir de toutes ses forces.

"Et merde, laisse tomber. Amuse-toi bien surtout", ai-je dit avant de raccrocher.

Ma batterie était toujours à soixante-dix pour cent.

J'avoue avoir pensé qu'elle allait me rappeler aussitôt pour me demander si tout allait bien. Pendant les deux heures suivantes, je n'ai rien fait, à part ouvrir WhatsApp d'un geste énervé. Comme il n'y avait aucune notification, ma déprime montait d'un cran. Finalement, je l'ai rappelée. Elle n'a pas répondu. Je lui ai envoyé un message banal, quoiqu'assez passif-agressif, pour m'excuser de ne pas avoir été dans le bon état d'esprit. Pas de réponse. J'ai supprimé mon message. J'avais peut-être confirmé tout ce qu'avait pu lui raconter Sreenath. Ou bien elle s'était dit : "Mais c'est quoi son problème ?" puis était retournée à sa soirée.

L'odeur de l'encens d'Amma emplissait la maison. Elle n'en faisait brûler que les jours très importants, mais tristes. Un matin avant un examen de maths difficile. Ou deux heures avant les résultats. Le réflexe pavlovien que ça provoquait était un mélange de terreur et d'impuissance.

Je me suis glissé au lit et j'ai pressé mon visage endolori contre la tête de lit. Ma chambre et celle de Sreenath étaient voisines. Souvent, il cognait contre le mur pour se plaindre du bruit. Quand de l'encens brûlait, il criait : "Éteins ça tout de suite. L'air est radioactif à cause de toi." Tout était silencieux maintenant. Plus que jamais, j'ai pris conscience qu'il n'habitait plus ici et qu'il faisait partie officiellement, légalement, de quelque chose d'autre.

Deux jours plus tard, Joel m'a appris que Dhruti et Arjun Samouraï sortaient ensemble. Et depuis un moment, apparemment. Ils étaient entrés dans notre orbite infernale, avaient traîné chez Sreenath, raconté des blagues, s'étaient rapprochés et avaient d'une certaine manière utilisé notre scandale pour alimenter leur idylle. À présent, ils se promenaient à travers la ville dans la Santro bleue d'Arjun. Cela n'aurait pas dû m'affecter, vraiment. Je connaissais tout juste Dhruti. Je lui avais à peine parlé. Mon faible pour elle était imaginaire. C'était sur un coup de tête que je l'avais invitée à prendre un café.

J'ai tout de même refusé de sortir de mon lit le reste de la semaine. À un moment, Amma est entrée dans ma chambre, a diagnostiqué une de ses fausses fièvres et m'a laissé un paracétamol.

Je me suis autorisé quelques jours de fièvre.

V

BONNIE AND CLYDE

25

Après le mariage, Appa a commencé à passer plus de temps au magasin avec Veronica, allant jusqu'à y dormir plusieurs nuits d'affilée. Amma avait envie de reprendre l'enseignement, mais craignait que les élèves ne se moquent d'elle, ou pire, que les parents, dont la plupart connaissaient de près ou de loin ceux de Blue Hills, ne refusent de lui envoyer leurs enfants. Finalement, elle a appelé des écoles dans l'espoir d'y décrocher un poste à plein temps de professeure de sciences physiques, de maths ou d'économie.

Une semaine après la cérémonie, Sree et Anita ont emménagé dans leur nouvel appartement. C'était un deux-pièces au septième étage venteux d'un complexe immobilier appelé Élite. Même si je me prétendais toujours fiévreux, j'y suis allé quelques jours plus tard avec Appa et Amma. Ils avaient décidé d'apporter des vêtements à Sree. Le sol était en marbre, tous les tableaux et installations électriques étaient neufs. Il était entièrement meublé et le balcon donnait sur un terrain de cricket criblé de trous.

Cet endroit était une étrange maison de poupée. Le mobilier était parfait, les murs, immaculés – on aurait dit qu'une espèce d'êtres supérieurs avaient kidnappé Sree et Anita et créé pour eux un habitat humain selon sa vision. J'ai tâté les bananes pour voir si elles étaient en plastique tout en repensant aux extraterrestres d'Anita.

On était en juillet et la mousson s'était installée. J'avais l'impression que huit ou neuf mois s'étaient écoulés, au lieu de quatre ou cinq. À ce moment-là, aucun de nous ne savait plus comment se comporter. Du côté d'Appa et Amma, il restait beaucoup de colère. Mais ils voulaient à tout prix avancer également. Le problème, c'était que nous ignorions tous où nous allions et comment y arriver.

Cette visite à Sreenath faisait partie de l'opération Table rase. Appa avait refusé catégoriquement de nous accompagner, mais Amma avait insisté. Elle ne m'avait pas non plus laissé le choix, prenant pour prétexte les sacs qu'il faudrait porter jusqu'au septième et l'épaule d'Appa. Désormais, j'avais du mal à me dérober sans me sentir coupable.

Nous étions passés à l'improviste. Anita est restée dans la chambre, porte fermée à clé. Après que Sreenath a marmonné à Amma de poser les sacs n'importe où, nous avons commencé à nous comporter comme les clients d'une agence immobilière songeant à acheter le même appartement. Nous touchions les murs, inspections la menuiserie, testions les poignées de porte.

"Tout cela doit coûter cher, a dit Appa. Je suis sûr que le loyer est ridiculement élevé."

Il ne s'adressait pas à Sreenath, mais à moi. Dans l'esprit d'Appa, les efforts de réparation comptaient probablement quatre niveaux : silence en présence de Sree, bavardage en présence de Sree, bavardage à propos de Sree en sa présence et, enfin, bavardage avec Sree.

Toujours au niveau deux, il a commencé à m'expliquer pourquoi la valeur de cet appartement était susceptible de tripler rapidement.

Amma est entrée en flânant dans la cuisine. Une domestique avait été embauchée pour faire la cuisine, le ménage, et sans doute pour espionner aussi. J'ai entendu Amma lui donner des conseils. La domestique lui a répondu en tamoul et a vite paru agacée.

Sreenath l'était encore plus qu'elle. Nous étions là depuis cinq minutes quand il a disparu dans la salle de bains. Il y est resté jusqu'à la fin de notre visite. Dès qu'il nous a abandonnés, Appa a cessé de serrer les dents. Il était ravi de ne pas voir Anita. Il avait avoué la trouver terrifiante : comment n'avait-elle pas encore explosé après tout cela ?

"Bel écran, a-t-il dit en pointant la télévision du doigt dans le salon. Il fait bien une soixantaine de pouces."

Je ne suis pas certain que les parents d'Anita leur aient rendu visite. Mohan passait sûrement au moins une fois par jour pour voir si tout allait bien. Il les avait aidés à déménager. Les personnes comme lui se révélaient toujours dans ce type de situation.

Cette pensée venait de naître quand je me suis rappelé que Sree m'avait surnommé "monsieur le médiateur". L'idée de ressembler à un cinquantenaire mielleux comme Mohan m'a fait claquer la porte. J'ai attendu en bas et continué à y penser sur le trajet du retour.

"C'était une perte de temps, a dit Appa. Pourquoi lui rendre visite comme si c'était un membre de la famille royale ?"

Amma regardait fixement par la fenêtre.

“Ça va durer combien de temps ?”

Elle a posé cette question du ton qu’elle réservait d’habitude à Dieu et aux informations de dix-huit heures.

26

Pendant leur deuxième semaine dans l'appartement, Anita a publié des photos sur Instagram. La plupart étaient des captures d'écran de différents articles – une élection partielle dans le Madhya Pradesh, Donald Trump, l'affaire de la Babri Masjid – dont elle citait quelques phrases en légende. Celles-ci reflétaient le type d'opinions partagé par la majeure partie de notre entourage. Pour moi, son but était de dire : "Je suis toujours là."

Des deux photos plus personnelles, l'une était un croquis de Sree assis contre la porte de leur balcon. Pas de vraie légende, juste des points de suspension. L'autre était le dessin plus élaboré d'une mince fille robot. Assis à l'intérieur de sa tête, son minuscule double humain la pilotait. La légende était ésotérique : *Le corps physique n'est qu'un vaisseau. Rien ne peut vous atteindre lorsque vous êtes dans votre tête et que vous regardez à travers la vitre du cockpit.*

Les commentaires étaient toujours désactivés. Cette publication a été supprimée une heure plus tard.

Puis un jour, elle a rendu son compte privé. Quarante-huit heures après, je me suis aperçu qu'elle m'avait bloqué et que Sreenath avait désactivé son compte Facebook, qu'il n'utilisait que rarement.

La semaine suivante, il a débarqué à la maison. Il était dix-huit heures. Amma était sortie faire les courses, tandis qu'Appa était comme d'habitude au magasin. Je ne savais pas qu'il passerait. Lorsque je lui ai ouvert, il s'est comporté exactement comme un invité.

"J'ai juste besoin de récupérer quelques trucs. C'est possible maintenant ?

— Pas besoin de demander. Tu es chez toi. Arrête ton cinéma."

C'était le ton que nous prenions souvent après un accrochage, violent ou non. Comme si celui qui boudait attachait trop d'importance à ce qui aurait dû être oublié depuis longtemps.

Sree n'a pas répondu. J'aurais préféré qu'il se mette en colère. J'avais envie à la fois de lui donner un coup de poing et d'en recevoir un. Si nous nous bagarrions dans les règles, certaines paroles nous échapperaient peut-être, et tout rentrerait dans l'ordre.

Sree est monté. Je l'ai suivi pour essayer de l'aider.

Depuis son exil, je m'efforçais de passer dans sa chambre chaque fois que je le pouvais. Si la porte était fermée, je l'ouvrais d'un coup de pied. S'il me manquait un stylo ou un carnet vierge, je me servais dans son tiroir. Je le faisais pour éviter qu'elle devienne un sanctuaire et que nos parents la regardent fixement en passant.

Sree s'est dépêché de ranger ses affaires dans un sac. Il avait commencé à bruiner.

"Pourquoi tu as besoin de toutes ces choses maintenant ?

— Elles servent à rien ici."

Finalement, il a rempli deux sacs entiers de livres, de vêtements et d'objets divers, parmi lesquels ses souvenirs – les gobelets, le chouchou, la montre sans bracelet.

“Tu prends pas tes magazines ?

— Non.

— Tes carnets ?

— Non.”

Sous son lit, il y avait une bouteille de Black Dog. Nous en avions bu en secret au dernier réveillon du Nouvel An en regardant avec jubilation des voisins se disputer par sa fenêtre.

Je me suis demandé comment évoquer ce souvenir. Nous deux dans le même camp, regardant dehors.

La pluie tombait maintenant en fin rideau.

“Je vais t’aider à porter tes sacs. Tu vas pas trouver d’autorickshaw.”

Il ne m’a même pas laissé le raccompagner au-delà de la première marche.

Sreenath était parti depuis une trentaine de minutes lorsque j’ai vu sa carte bancaire sur son lit. J’ai réfléchi un moment, puis enfilé mon imperméable, enfourché le scooter et roulé jusqu’à son appartement.

Je suis arrivé juste au moment où l’averse se transformait en déluge. Je me suis retrouvé coincé. Sree était manifestement mécontent. En plus, il s’agissait de son ancienne carte bancaire. Mais tandis que je m’attardais près de la porte en vérifiant la météo, il ne m’a pas chassé. À mon avis, ça l’aurait en quelque sorte obligé à revendiquer la propriété de l’appartement. Il a simplement laissé la porte ouverte et est sorti de la pièce.

Sree et Anita restant dans leur chambre, je me suis assis dans le salon et j’ai lu sur mon portable. Puis le courant a été coupé.

Anita est entrée dans la pièce, a allumé une cigarette et regardé fixement le balcon. Sree l'a suivie.

"Votre immeuble n'a pas de groupe électrogène ?"

Personne n'a répondu et il faisait toujours sombre. Alors j'ai dit : "Visiblement pas."

Question suivante : "Vous avez déjà dîné ? Anita ?"

Elle a tiré plusieurs bouffés de cigarette.

"Ouais.

— C'est vrai. Vous avez une domestique. Elle est tamoule, c'est ça ?"

Elle n'a pas répondu. Pour être honnête, je m'agaçais moi-même.

Une minute plus tard, on a frappé. Sree est allé ouvrir et est sorti en refermant la porte. D'après ce que j'ai entendu, c'était Joel qui livrait de l'herbe.

"Ça va, a dit Sree. On fait face pour le moment. Tu vois ce que je veux dire."

Il ne lui a pas proposé d'entrer.

"Ils ont dit quoi, vos amis, à propos du mariage ?" ai-je demandé à Anita en prononçant le dernier mot à voix basse.

Elle a écrasé son mégot, allumé une autre cigarette et haussé les épaules.

Après le départ de Joel, Sree est revenu dans le salon, un mince sachet rempli de filaments brun-vert dans la main.

"Les gens circulent, m'a-t-il dit. Il ne pleut plus beaucoup."

J'ai hésité et me suis levé. Il m'est venu à l'esprit que, si je m'attardais, c'était parce que je voulais m'excuser. J'ai soupiré.

"Cette histoire s'est terminée de façon horrible. Mais vu les circonstances, ça aurait pu être bien pire. Je suis désolé si j'ai eu des paroles blessantes ou maladroites."

Sree avait plongé un doigt dans le sachet et examinait la composition de son contenu.

"D'accord. À plus."

Ce n'était pas ce que j'attendais.

"Enfin, votre situation est assez affreuse. Surtout parce que la vie reprend son cours. Je suis à cent pour cent d'accord avec vous, et je sais que vous le savez.

— Ce qui est fait est fait."

J'aurais dû en rester là. C'était une réponse satisfaisante.

Mais comme elle était satisfaisante, presque trop satisfaisante pour être crédible et suffisante, je n'ai pas pu m'empêcher de dire : "L'autre jour, je faisais des recherches sur internet. Peut-être que vous devriez voir un thérapeute. Juste pour parler de tout ça. On pourrait même y aller tous ensemble un jour. Je ne vois pas comment chacun retrouvera une vie normale autrement. J'en ai parlé à…

— Dégage maintenant. Je ne supporte plus de te voir. Je te jure."

Soudain, je me suis fâché aussi.

"C'est sa mère que tu devrais trouver insupportable, pas moi, ai-je dit en pointant Anita du doigt. Je n'ai jamais voulu être mêlé à tout ça. Je n'ai rien demandé à personne. Tu ne sais pas ce que j'ai enduré puisque tu n'étais pas à la maison. Je me suis retrouvé tout seul pour recoller les morceaux."

Sree a posé le sachet sur la table basse.

"Je sais que c'est horrible, ai-je poursuivi. Mais c'était juste un compromis pragmatique.

— Bien sûr. Comme les précédents."

J'ai eu l'impression qu'il parlait du fiasco de l'école d'ingénieur.

"Grandis un peu. C'est pas comme si quelqu'un essayait de te gâcher la vie.

— Ouais, me jeter à la rue au moment où j'avais le plus besoin d'aide, c'était vraiment malin.

— Tu aurais pu t'y prendre autrement. Je sais que tu étais stressé, mais tu aurais vraiment pu faire mieux.

— Parce qu'ils s'y sont parfaitement pris.

— Non. Et c'est exactement ce que je leur ai dit.

— Ah oui ? C'est gentil de ta part. Vraiment adorable."

Il a poursuivi sans me laisser répondre : "C'était sympa de bavarder. Je t'appellerai en cas d'urgence. Ou si une amie a besoin d'un porc qui ne la lâche pas d'une semelle et qui se masturbe devant ses photos."

Si ma peau avait été moins mate, j'aurais rougi. Est-ce que c'était son point de vue, ou celui de Dhruti ? Après l'avoir invitée à prendre un café et lui avoir raccroché au nez, j'avais liké par erreur une vieille photo d'elle à la plage sur Instagram, mais aussitôt supprimé mon cœur. Je l'avais également appelée un soir. C'était pour crever l'abcès. Elle n'avait pas décroché ni rappelé. Je lui avais ensuite envoyé un message : *Salut, toujours partante pour ce café ?* Ce à quoi elle avait répondu : *Je te tiens au courant :)* Inutile de dire qu'elle ne l'avait pas fait et que ça me travaillait beaucoup.

"Évidemment, c'est moi, le porc. Pourquoi tu ne te roules pas dans la boue avant de baiser juste devant le portail ?

— Tu veux bien partir maintenant ?" a dit Anita.

Sree a enlevé sa tong et l'a nonchalamment lancée dans ma direction, comme s'il voulait la ranger près de la porte. J'ai esquivé, quitté l'appartement et marché sans m'arrêter.

J'ai tenté de lui reparler une fois ensuite, mais seulement parce que j'avais quelque chose d'utile à dire.

Plusieurs copies de la vidéo étaient toujours en ligne. Je ne suivais pas exactement la situation de près, mais je vérifiais de temps à autre si certaines avaient été supprimées. Je crois que de nouvelles apparaissaient aussi. En tout cas, elles totalisaient beaucoup de vues, jusqu'à quatre cent mille. Dans la plupart des commentaires, les gens demandaient s'il y avait d'autres vidéos du couple ou jugeaient Sree laid, stupide ou irresponsable. Beaucoup s'exprimaient aussi sur la taille de son pénis.

Quant à Anita, ils la complimentaient sur son physique – "complimenter" n'était peut-être pas le bon terme – tout en la traitant également d'idiote et de malheureuse. Et il s'agissait seulement des commentaires en anglais. Je ne comprenais pas vraiment ceux en hindi.

Un soir, j'ai remarqué qu'un internaute appelait Sree et Anita par leurs noms complets et citait celui de leur université. Il répondait à la question d'un autre : *On sait qui c'est ? Il y a une version plus longue ?* C'est là que j'ai contacté Sree. La vidéo était sur l'un des sites les plus connus. Il a dû réussir à signaler le commentaire, qui a très vite été en attente de modération.

Il n'a pas répondu à mes messages.

27

Lorsque Sreenath et Anita ont quitté Trivandrum quelques semaines plus tard, je dormais à poings fermés. Leur portier a vu l'ascenseur descendre entre trois et quatre heures du matin, alors qu'il révisait pour un concours administratif. Chacun chargé d'une grosse valise, ils l'ont salué de la main.

Ils avaient toujours été aimables avec lui. Les deux dernières semaines, ils étaient sortis se promener presque chaque nuit, s'arrêtant toujours pour lui dire bonsoir. Ils lui empruntaient également sa matraque pour repousser les chiens errants. Comme ils ne partaient jamais plus de trente ou quarante minutes, il n'y voyait pas d'inconvénient.

Sree et Anita rapportaient souvent quelque chose. Des morceaux d'affiches de cinéma arrachés des murs – la tête de Mohanlal, par exemple. Ou des banderoles électorales. Une nuit, ils avaient réussi à dévisser un panneau de stationnement interdit. Puisqu'ils ne volaient rien dans le complexe et n'y faisaient pas de dégâts, il n'avait aucune raison de s'en mêler.

Pas plus que de demander aux locataires chargés de bagages où ils s'en allaient. "Voyage de noces", avait lancé Sree spontanément. "Bonne chance à l'examen, avait dit Anita. N'oubliez pas, le khasi est la langue principale du Meghalaya, pas du Mizoram."

Ils n'étaient pas joyeux, par contre, non. Ils paraissaient même plus tristes que d'habitude.

Il faisait froid ce matin-là. Une voiture les attendait. Il devait y avoir deux personnes à l'intérieur. Ce n'était pas un taxi. Pas une Santro bleue non plus. Peut-être bien un petit SUV. Le portier avait entendu le groupe discuter. Puis la voiture était partie et il était retourné à ses manuels.

Mohan méditait lorsqu'il a reçu un appel d'Anita. Il était neuf heures du matin. Elle lui a appris qu'ils avaient quitté la ville et ne voulaient plus jamais être recontactés. Elle n'a répondu à aucune question. Il a ensuite envoyé quelqu'un à l'appartement. Tous leurs effets personnels avaient disparu, à part quelques livres et vêtements. Dans l'armoire de leur chambre, il y avait des panneaux rouillés et des dizaines d'affiches en tout genre.

Il a appelé Amma. Elle n'a pas compris ce qu'il disait, à cause d'un problème de réseau. Elle m'a passé le téléphone.

C'était un jeudi, je rentrais juste d'un petit jogging sur la plage.

Mohan a parlé pendant vingt minutes.

Il est vrai que je voyais mal Sree et Anita vivre longtemps dans cet appartement, mais je ne m'attendais pas non plus à ce qu'ils plient bagage. J'avais prévu d'autres disputes, peut-être des négociations. Après tout, ils ne s'étaient pas enfuis *avant* le mariage, bien que Sree en ait parlé. Pourquoi se mettre à nouveau dans une situation inconfortable ? Ne valait-il pas mieux vivre dans un environnement maîtrisé ?

À la fin de l'appel, j'ai gardé le téléphone contre l'oreille. Revoyant Sree récupérer ses affaires, je me suis senti idiot. Cette conversation avait-elle été vraiment la dernière ?

En l'annonçant à Amma, j'ai espéré que la nouvelle n'allait pas devenir un autre *Hindenburg*. C'était peut-être dû à notre récent conditionnement, mais son effet a été vraiment faible.

Elle a paru irritée. Comme si l'électricien n'était pas passé, alors qu'il le lui avait promis. Elle s'est assise sur le canapé, s'est gratté le visage et m'a demandé d'appeler Sreenath. Sans surprise, ils étaient tous deux injoignables. Il n'y avait pas non plus de traces d'eux sur internet.

"Renseigne-toi auprès de leurs amis, alors."

Elle a cité trois ou quatre noms qu'elle avait entendus à la maison. J'ai commencé par Joel qui a répondu qu'il n'était au courant de rien, vraiment désolé. Il avait l'air sincère. J'ai également envoyé un message à Meghna, mais pas à Dhruti ni Arjun.

Lorsqu'il a appris la nouvelle, Appa a essayé de la jouer indifférent, mais il a fini fâché.

"Qu'ils disparaissent si ça leur chante. Mais quand ils auront gâché leurs vies et reviendront frapper à notre porte, ils la trouveront fermée. Pas question de les aider."

J'ai imaginé Sree et Anita quittant la ville en voiture.

En réalité, ils étaient peut-être malades au bord de la route, inquiets pour l'avenir et désolés d'avoir abandonné leur lit confortable. Dans mon esprit, ils roulaient à toute allure, le toit ouvert, écoutaient à fond *Bonnie and Clyde* de Brigitte Bardot, s'attaquaient aux panneaux et taguaient les murs.

Loin derrière, le reste d'entre nous toussait au milieu d'un drôle de nuage de poussière.

Ça, c'était le premier jour.

Au bout des troisième et quatrième, l'émotion était vive à la maison. Angoisse à propos des prochaines étapes, inquiétude soudaine pour la sécurité et la santé de Sree. Appa et Amma ont commencé à critiquer la mère d'Anita.

"Quand on précipite les choses, il faut s'attendre à des répercussions", a dit Amma.

Appa pensait qu'il devrait peut-être aller se garer devant chez elle et attendre dans sa voiture qu'*elle* résolve le problème.

La réaction de la mère d'Anita nous inquiétait, cependant. Elle nous a téléphoné avant la fin de la semaine.

Ce n'était pas la première fois. Quelques jours après la cérémonie, elle avait appelé Amma pour l'informer qu'une de ses amies ouvrait une école primaire, serait-elle disposée à en discuter ? Amma avait répondu qu'elle y réfléchirait.

Veena avait poursuivi en se plaignant de migraines et d'évanouissements.

"J'en ai depuis un bon moment. Quand la douleur vous envahit, vous ne pensez plus qu'à cela. Vous n'êtes plus la même personne. Hier, j'ai pris deux fois le petit-déjeuner. La deuxième fois, j'ai seulement mangé parce que j'avais complètement oublié le premier.

— Je vois, a dit Amma, sceptique.
— C'est vraiment effrayant. Une perte de contrôle totale."

Malgré le ton embarrassé de Veena, Amma frémissait d'indignation. Elle avait raccroché en disant avoir du travail et ne l'avait jamais rappelée.

Cette fois aussi, la mère d'Anita a paru plus douce, soucieuse d'éviter les ennuis.

"Nous avons fait notre devoir et pouvons maintenant nous détendre. C'est le plus important. Le reste est entre leurs mains."

Puis, après avoir annoncé qu'elle allait tout de même essayer de les retrouver, voire envoyer Mohan ratisser le pays, elle a ajouté d'un ton désinvolte : "Pour le moment, je raconte à tout le monde qu'ils sont à Chennai. À mon avis, vous devriez faire pareil. C'est mieux que de laisser toutes sortes de rumeurs se répandre à nouveau."

Amma n'a pas été ouvertement hostile, mais dès la fin de l'appel, elle a commencé à dire que la mère d'Anita se préoccupait seulement de l'image de sa famille.

"Oui, c'est bien que nous soyons aussi différents.
— C'est encore mieux que tu nous épargnes tes brillantes remarques", a dit Appa.

J'ai quitté le salon et je suis monté.

Une chose ne me surprenait plus : c'était que le soleil se lève quoi qu'il nous arrive. Et personne n'ayant fortement réagi au départ de Sree, j'avais l'impression que les jours passaient trop vite.

Au début, on disait qu'ils rentreraient dans environ un mois.

“Ils ne peuvent pas être bien loin”, répétait Amma, comme si Sree était un objet égaré qui réapparaîtrait un jour ou l’autre sous le canapé ou dans un placard.

L’appartement a été mis en location. La famille d’Anita nous demandait occasionnellement si Sree avait essayé de nous contacter, moi en particulier. J’ai fini par répondre aux appels de tous les fournisseurs internet, agences d’assurances et arnaqueurs du pays.

Les habitants de Blue Hills, en tout cas les amies d’Amma, étaient au courant du mariage. Du moins, dans la version édulcorée et déformée qu’elle leur avait servie. Deux ou trois semaines plus tard, elle a commencé à révéler que Sreenath était parti vivre dans une autre ville. Le bruit courait qu’il s’était en réalité enfui.

Les gens nous ont peu à peu apporté leur soutien. Murthi qui habitait au 18 nous a suggéré de grimper la colline du temple de Sabarimala pieds nus. Il l’avait fait récemment et sa vie avait changé.

“Oui, tu as perdu du poids. Très bien”, a dit Appa.

Ramesh de Downing Street lui a offert un bouddha rieur. Pour lui porter chance. Appa a plutôt eu l’impression que la statue se moquait de lui. Qu’est-ce qu’il trouvait de si drôle et pourquoi était-il aussi gras ? Il l’a rangé au fond du placard de sa chambre.

Chaque fois que je croisais les amies d’Amma, elles me prenaient à part pour me recommander de soutenir mes parents et de me comporter comme un bon fils. J’entendais ces paroles au quotidien.

Devant moi, tantine n° 1 disait à tantine n° 2 : “C’est un garçon très rigoureux. Il a toutes les chances de briller. Tu sais qu'il faisait partie des meilleurs étudiants de son université ?"

C'était faux – ce n'était arrivé qu'un seul semestre, et encore, de justesse. Je supposais qu'elles cherchaient à souligner le problème Sreenath. Et que cela faisait du bien à leur amour-propre.

À l'époque, les coupures de courant étaient fréquentes. Celles du soir étaient particulièrement déprimantes. Assis dans ma chambre, j'avais l'impression d'être dans une grotte.

"Au moins, tu es toujours avec nous", disait parfois Amma.

Par réaction, je faisais de mon mieux pour les ignorer, Appa et elle.

J'avais recommencé à manger dehors. Je refusais de leur rendre le moindre service, comme arroser les plantes ou faire les courses. Il était hors de question que je savonne Appa sous la douche.

Étant donné les circonstances, celui-ci estimait que je devrais rester près d'eux. Trouver un travail dans notre ville, ou bien l'aider au magasin quelque temps.

Un jour, il a déposé une pile de manuels de gestion sur mon bureau.

"Si tu étudies sérieusement, tu pourras entrer dans un institut de management."

Je lui ai crié que j'allais avoir besoin de temps pour me calmer après toutes les situations absurdes qu'ils m'avaient fait vivre. Appa n'était pas du genre à tolérer un tel comportement. En temps normal, il m'aurait décroché un entretien, agrafé une cravate et traîné là-bas sans me prévenir. Il m'aurait cuisiné sur mon avenir et aurait plaisanté au sujet de mon futur récital de poésie.

Travailler dans notre petite ville était la dernière chose que je souhaitais. J'avais déjà postulé à plusieurs emplois qui m'emmèneraient loin. Mais depuis qu'Appa m'avait demandé de rester, j'essayais de tout anticiper. Au lieu de me rendre aux entretiens et de répondre aux personnes intéressées par mon CV, je passais mon temps à vérifier les horaires des cars et des trains et les tarifs des hôtels de tout le pays.

Tout ce que j'attendais, en fait, c'était le signe que nous avions atteint un avenir permanent. Cette attente faisait du présent une simple transition vers quelque chose de plus certain.

Deux mois après le départ de Sree, je suis tombé sur une connaissance au supermarché. Il ne s'est pas rappelé que j'étais son frère, seulement qu'il m'avait vu en sa compagnie.

D'après lui, on racontait que Sree et Anita se déplaçaient sans arrêt, craignant probablement qu'on les reconnaisse. On les avait pourtant aperçus. Quelqu'un les avait trouvés très amaigris. Selon une rumeur, mon frère était alcoolique. Selon une autre, ils travaillaient à Dubaï.

"Franchement, ça doit être une des vingt-cinq meilleures vidéos amateurs indiennes depuis un moment, a-t-il dit. S'il existait des Oscars de la pornographie, et tu sais quoi, je crois en fait que ça existe. En Californie. On les appelle…"

Il y avait une boîte d'œufs dans son chariot. Tout en ayant l'envie puérile de lui en casser quelques-uns sur la tête, j'ai pris vaguement conscience, non pour la première fois, que, par ennui, j'avais moi-même regardé beaucoup de vidéos de ce type sur beaucoup de sites sans me poser beaucoup de questions, ces dernières années.

Dans le rayon que je venais de parcourir, des œufs de qualité supérieure étaient emballés dans un carton jaune sur lequel était écrit : *Savez-vous d'où viennent vos œufs ?*

La boîte dans son chariot portait la simple mention : *Œufs frais*.

Lorsque j'ai levé les yeux, il me posait des questions. Où étaient Sree et Anita, d'après moi ? Quelqu'un d'autre avait-il eu des nouvelles ?

J'ai répondu que je n'en avais aucune idée. Il a paru déçu.

Un jour de novembre, Appa a montré un article du *Mathrubhumi* à Amma. Il traitait des crimes d'honneur.

"Approche, toi aussi, a-t-il dit en m'apercevant. Viens voir ce que ça raconte."

L'article évoquait un incident dans l'Uttar Pradesh. Un élève ingénieur de vingt-trois ans et sa petite amie avaient été poignardés douze fois puis défigurés à l'acide par des proches de la jeune fille.

"Voilà ce que font certaines personnes, a dit gaiement Appa. Et elles le font pour beaucoup moins. Beaucoup moins."

Trois mois s'étaient écoulés. Ayant décidé de m'entraîner pour un marathon local, je courais chaque matin jusqu'à voir des étoiles partout. Nous ne parlions plus vraiment de Sreenath. Je ne prenais plus de nouvelles d'un seul de ses copains. Ni de Joel, d'Arjun, de Meghna, et encore moins de Dhruti qui, suivant peut-être les instructions de mon frère, m'avait bloqué sur Instagram. Je me surprenais souvent à me demander où il était. Dans quel État. Dans quelle ville. Dans quel genre de maison. Avec quel genre de personnes.

Je remarquais parfois le regard vide de mes parents. Certains jours, je pensais également : “Bon débarras.”

Sur les recommandations de Karthika, Amma s’était abonnée à Netflix dans le but de se distraire. Mais elle s’y intéressait à peine.

“Où qu’on regarde, il n’y a que des âneries”, disait Appa.

28

Un jour, quand il avait quatorze ans, Sree avait dit à Appa qu'il voulait participer à un camp organisé par notre école à Ernakulam. Tous ses amis y allaient. La brochure était illustrée de portraits de personnalités telles qu'Abdul Kalam, Azim Premji et Sachin Tendulkar. Le camp s'axait sur le développement de la personnalité et l'éducation physique, mais l'idée générale était : Rejoignez-nous et jouez un rôle dans le succès du modèle indien.

Appa et Amma étaient tombés sous le charme. Sree n'était jamais vraiment parti avant, du moins pas aussi longtemps. Le camp durerait sept jours. La semaine de son départ, le temps était chaud et ensoleillé. La lumière claire faisait paraître vastes même les petits espaces.

Une fois Sree et Appa partis en voiture à la gare, je me rappelle m'être laissé tomber sur le sol de la véranda avec un profond soupir. C'était un dimanche soir, quand nous habitions dans l'ancienne maison. Les rues étaient silencieuses et j'entendais un voisin s'asperger avec acharnement dans sa salle de bains. Un groupe d'enfants rentraient des cours. Ils avançaient alourdis par leurs sacs, la main au-dessus des yeux.

J'étais toujours assis dans la galerie lorsque, une demi-heure plus tard, Appa était rentré. Sree était sur le siège passager.

Je me suis levé d'un bond.

"Appa ne l'a pas déposé !"

Amma est sortie. Voici ce qui s'était passé : en attendant sur le quai, Sree avait dit à Appa qu'il avait un pressentiment à propos de ce camp. Rien de précis, juste un pressentiment. Un mauvais pressentiment. D'habitude, Appa supportait mal qu'on change d'avis. Cette fois, cependant, alors que le train arrivait lentement, il avait remis Sree dans la voiture et l'avait ramené à la maison.

"C'est bien qu'il ait parlé, a-t-il dit à Amma. Parfois, il faut se fier à son flair. Qui sait comment fonctionnent ces choses."

L'univers, voulait-il dire.

"Tu as vraiment eu une prémonition ? ai-je demandé à Sree tandis qu'il défaisait ses bagages.

— Je n'ai jamais dit ça. J'ai parlé d'un pressentiment.

— Quel genre de pressentiment ?"

Je me moquais de lui.

Alors il m'a répondu encore plus sérieusement.

"J'ai senti que, si je partais, je ne reviendrais sans doute jamais à la maison."

Il a regardé le sol.

"J'avais à tout prix besoin de rentrer. De m'asseoir ici. Juste d'être ici."

Le vent s'était levé. Dans la cuisine, Amma préparait du thé. Tout le monde se montrait excessivement joyeux. Toute la soirée a été d'une étanchéité à la fois mystérieuse et réconfortante – même si ça n'a pas duré.

VI

KAFKAAAA DE PROJECT12

29

Parfois, j'imaginais que je croisais Sree au supermarché des années plus tard. Dans ce scénario, j'étais marié et gagnais bien ma vie. Sree vivait toujours avec Anita. Ils étaient considérablement moins riches que moi, vu l'état de leurs vêtements et leur façon d'examiner chaque article avant de le poser dans leur chariot. Je lui proposais de prendre un café. Il commençait par refuser, mais quelques instants plus tard, nous étions assis et parvenions à une forme d'entente. Sentant qu'il avait de sérieux problèmes d'argent, je lui offrais de l'aider. "Tout ce qui m'appartient t'appartient." Il me traitait de nunuche. La scène devait se passer dans un pays étranger, car il commençait à neiger derrière la grande vitrine du café. Les mains autour de nos tasses, nous regardions les flocons tomber sur la chaussée.

Dans un autre scénario, Sree rentrait à la maison un an après son départ. Lorsque je lui ouvrais la porte, il montait dans sa chambre sans un mot. Après un certain laps de temps, nous finissions par dîner tous ensemble. Comme il ne pouvait pas neiger, il pleuvait.

Mon troisième scénario n'était pas aussi plaisant, mais il m'arrivait de penser que c'était le plus vraisemblable. Dans celui-ci, Sree et Anita se suicidaient. C'était la police qui nous l'annonçait. Je refusais de laisser mes parents et ceux d'Anita assister à l'enterrement. Ensuite, je ne parlais plus à personne et disparaissais dans un autre pays, probablement dans un de ceux où il neige.

Dans la vraie vie, il ne s'est rien passé pendant plus de cinq mois après le départ de Sree. Aucune nouvelle ne nous est parvenue. La vidéo était toujours en ligne. Ce calme ne semblait pas naturel, comme si nos problèmes étaient cachés dans des recoins trop petits et inconfortables où ils attendaient le moment de bondir et de nous surprendre.

On était en janvier. Assis à mon bureau, je révisais des calculs pour un examen blanc d'entrée aux programmes de deuxième cycle en gestion – que j'avais finalement décidé de passer. En même temps, je cherchais des centres de préparation au MBA en dehors de l'État, me promenais sur Instagram et surfais sur Facebook sur mon ordinateur portable. J'allais me déconnecter lorsque je l'ai vue. J'ai continué à faire défiler la page, marqué un temps d'arrêt presque comique et remonté le fil à toute vitesse.

La première chose que j'ai remarquée, c'était le nom du groupe : Project12. Mais l'ampoule ne s'est pas allumée tout de suite au-dessus de ma tête. Ce n'est arrivé que lorsque j'ai vu la photo de profil du compte : je me suis rappelé avoir croisé la chanteuse et le bassiste chez Sree. À force de les plisser, j'avais mal aux yeux. J'ai attendu quelques secondes, lu les commentaires pour saisir le contexte, puis cliqué sur la vidéo. Elle s'est chargée et le son est sorti à plein volume. J'ai cherché mes écouteurs à tâtons.

C'est peut-être inutile, mais je vais la décrire quand même. Sur les douze minutes de la vidéo originale, il en restait un peu moins de cinq – le temps que durait la chanson. Les passages les plus salaces avaient été soit supprimés, soit couverts par des personnages animés ridicules – un type chauve, une grosse dame en sari, une foule. Tous, je l'ai remarqué immédiatement, avaient été dessinés par Anita. La musique était techno et accompagnée de chants flûtés sans queue ni tête célébrant la transformation du soi et je ne sais quoi d'autre. Aux personnes qui ne connaissaient pas l'originale, cette vidéo devait paraître relativement normale, ou du moins semblable aux autres clips musicaux, souvent tournés de façon étrange. La chanson était intitulée *Kafkaaaa*. Je ne suis peut-être pas objectif, mais tout ça semblait très puéril.

La vidéo avait été mise en ligne sur YouTube et Vimeo environ cinq jours plus tôt. Dans sa description sur YouTube, l'auteur mentionnait "deux personnes extraordinaires" qu'il remerciait "d'avoir participé à ce projet et d'être des potes mortellement cool". Le nombre de partages dépassait les deux mille. Je n'arrêtais plus de me ronger les ongles.

C'était un dimanche après-midi plus chaud que les autres. Quand je suis descendu déjeuner, Appa et Amma sirotaient du Tang devant la télé. Je devais faire une drôle de tête car ils m'ont demandé si tout allait bien. J'ai répondu que oui.

Lorsque je suis retourné dans ma chambre, le nombre de vues sur YouTube était passé d'environ cinquante mille à cinquante mille deux cents. J'ai à nouveau regardé une partie du clip, relu la description de la chanson, lu davantage de commentaires et essayé de retrouver la trace de Sree et Anita en ligne. Je pensais avoir une vague idée de ce qu'ils essayaient de faire, mais pas de ce que cela signifiait pour nous.

J'ai passé les quelques heures suivantes devant mon ordinateur, l'estomac barbouillé à cause de l'odeur du plastique surchauffé. J'ai envisagé de supprimer mon compte Facebook et de faire comme si toute cette histoire avait lieu dans une autre dimension. Au moment d'aller me coucher, le clip avait atteint cinquante et un mille vues sur YouTube, et je rafraîchissais la page toutes les deux minutes.

Je n'en ai pas parlé à mes parents. Ils l'ont appris quatre jours plus tard lorsqu'il a eu dépassé les cent mille vues et que le frère d'Appa a appelé.

Mon père n'a rien compris à ce qui se passait. Il a répondu : "Oui, la vidéo est sur plusieurs sites. Qu'est-ce que j'y peux ?"

Il parlait de l'originale, évidemment.

"Ce n'est pas d'elle que je parle", a dit son frère.

Ensuite, Appa m'a demandé de lui expliquer le concept de ce clip, où on pouvait le regarder et combien de personnes l'avaient vu. J'ai fait de mon mieux pour lui répondre en m'assurant de minimiser sa portée.

"Ce n'est qu'un stupide truc artistique. Tout le monde s'en fiche.

— Pourquoi ont-ils des insectes sur tout le corps ?

— Je n'en sais rien. À cause de Franz Kafka. C'était un écrivain, Appa. Il est mort, et il a…

— Je sais qui c'est, a crié mon père. Arrête de prendre ce ton supérieur. Tu crois que je suis idiot ?"

Les chances qu'il connaisse Kafka étaient à peine plus élevées que l'inverse. Mais il paraissait blessé.

“Tu veux dire que ces gens ont utilisé la vidéo sans la permission de Sreenath ? a demandé Amma.
— Probablement. Mais ce n’est pas grave, à mon avis. C’est juste un feu de paille.”

Désormais, mes parents s’étaient faits à l’idée que la vidéo resterait toujours en ligne. Aucun de nous n’avait cependant anticipé ce renouveau d’intérêt. J’imagine sans mal leur perplexité. Après avoir passé près d’une année à parler de la faire supprimer, voilà qu’elle réapparaissait montée et accompagnée d’une chanson bizarre et d’éléments animés qui l’étaient encore plus. Je m’étonne que cela ne les ait pas achevés.

Les jours suivants, penchée sur la table, une loupe à la main, Amma a pris l’initiative d’éplucher les comptes du magasin et de réduire les dépenses. Appa travaillait tard et s’efforçait de rentrer épuisé si bien qu’il était obligé d’aller se coucher.

À ma connaissance, aucun des amis de fac de Sree n’avait partagé la vidéo, mais une foule d’anonymes s’en chargeaient. Ceux qui l’avaient découverte sous sa forme pornographique devaient trouver cette nouvelle version particulièrement amusante. Sur YouTube, le nombre de vues a franchi les cent cinquante mille. Un copain d’école m’a envoyé un message pour me demander si je savais ce qui se passait.

Le mercredi où la vidéo a atteint les deux cent mille vues, la mère d’Anita nous a appelés en exigeant une explication. C’était le matin et Appa courait partout pour retrouver sa montre de luxe. À présent, il la portait au quotidien.

À peine a-t-il eu décroché que le ton est monté.

“C’est nous qui devrions vous demander de résoudre le problème, a-t-il dit. C’est vous qui avez pris la situation en main en les mariant. D'abord ils s'enfuient, et maintenant ce clip. C'est à vous de réfléchir à une solution."

Elle a raccroché avant qu'il ait le temps de la menacer de garer sa voiture devant chez elle et d'y rester. Il a ensuite crié à Amma que ce serait à elle de s'en dépêtrer la prochaine fois. L'un d'eux a cassé une assiette. C'est vraiment un miracle qu'on n'en soit pas à manger par terre.

30

Lorsque j'avais minimisé l'impact du clip pour rassurer Appa, ce n'était pas tout à fait intentionnel. J'avais vraiment cru qu'il ne se passerait pas grand-chose. Ce groupe n'était pas célèbre. La vidéo circulerait quelques jours, puis finirait aux oubliettes comme tout le reste. Je me disais qu'internet étant déjà saturé, une nouvelle distraction ne risquait pas de percer.

Mais, la semaine suivante, le blog d'un journal populaire a publié un article sur le clip, le décrivant comme un "phénomène intéressant". Le lendemain, j'en ai découvert un autre. Illustré par une capture d'écran, il comptait environ deux cents mots. On y citait des noms et des témoignages. C'est ainsi que nous avons eu des nouvelles de Sreenath et Anita pour la première fois après plus de cinq mois.

"De plus en plus de gens la regardaient de toute façon, disait mon frère. Quand les membres de Project nous ont abordés, on s'est dit que ce clip serait une bonne façon de dire : nous assumons. En un sens, il s'agissait de prendre le contrôle du récit et de tourner la page." Ce à quoi Anita ajoutait : "Nous avons également trouvé que ce serait intéressant d'exploiter le contexte et de le transformer radicalement."

J'ai eu l'impression qu'il s'agissait de deux créatures irréelles, déjà très lointaines. J'ai repensé aux panneaux démontés et aux affiches arrachées. Je me suis aussi demandé : *Mais pour qui se prennent-ils ?*

Il me semble aujourd'hui que ni l'un ni l'autre n'avaient l'intention de faire sensation avec ce clip. Ils ont dû penser qu'il récolterait quelques vues et circulerait entre leurs amis qui le jugeraient astucieux, novateur et courageux. Vu ce qui s'était passé avant, ils estimaient sans doute qu'il n'aurait aucune conséquence – il existait déjà une version bien pire en ligne.

Peut-être qu'ils se sont emballés ou laissé influencer.

Plus tard, je suis allé dans un café. J'ai rouvert l'article et vérifié de nouveau s'il révélait où se trouvaient Sreenath et Anita. J'ai ensuite navigué sur Facebook et découvert qu'il avait été partagé par quelques amis de Sree et plusieurs inconnus. Une Indienne installée au Texas écrivait qu'ils étaient courageux. Une personne de Bhopal l'avait commenté par une salve d'applaudissements.

Deux jours plus tard, il y a eu un troisième article. Celui-ci présentait Nisha, la chanteuse du groupe. Elle y racontait qu'elle connaissait Sree et Anita depuis un moment, avait été impressionnée par leur attitude, que l'idée du clip était partie d'une plaisanterie et qu'elle s'était rapprochée d'eux après les avoir revus par hasard.

Cet article n'a fait qu'aggraver l'incompréhension de mes parents.

Amma, qui relisait sans cesse l'article, s'est écriée : "Les gens n'ont donc pas d'autres préoccupations ? Pourquoi sommes-nous aussi maudits ?

— Est-ce que c'est une façon de se venger ?" m'a demandé Appa.

"Il faut saisir sa chance et s'affirmer, disait Nisha. Les rageux, osef."

31

Je pensais que le programme de ma soirée serait exactement le même que celui des précédentes : m'asseoir à mon bureau, essayer de résoudre des exercices types, introduire de la nourriture dans ma bouche, écouter mes parents, surfer sur le net, me coucher, attendre mon heure. J'en étais à l'étape coucher lorsque mon matelas s'est mis à vibrer. En bas, Appa et Amma se disputaient. J'ai vérifié mon téléphone. Le numéro affiché ne me disait rien, mais je pouvais voir la photo du profil WhatsApp. Appuyé les bras croisés contre une colonne blanche, Mohan souriait de toutes ses dents. Un grand portable se penchait par-dessus le balcon de sa poche de chemise. En guise de statut, il avait écrit : *Ne dites jamais NON, ne dites jamais : "Je ne peux pas", car vous êtes INFINI. Le pouvoir est en VOUS. Vous êtes capable de tout. – Swami Vivekananda.*

Il m'a ensuite envoyé un message, me demandant de le rappeler de toute urgence.

C'est sans doute à ce moment-là que le barrage entre pensée et action a cédé. Dans mon esprit, tout est maintenant très fluide.

Je me suis levé. Je savais exactement quel sac emporter puisque je le lorgnais sans doute depuis des mois. J'y ai fourré quatre chemises, deux jeans, une poignée de sous-vêtements, des chaussettes, mon ordinateur et une partie de mes économies. Je connaissais par cœur les horaires des cars et des trains. J'ai vérifié le prix des billets sur mon portable.

Le gars avec qui j'avais vécu une "expérience importante" à l'université s'appelait Rishi. Ni lui ni moi n'étions doués pour maintenir le contact, mais de temps en temps, nous échangions des articles qui nous avaient agacés. Une fois que j'ai choisi Bangalore – la grande ville la plus proche –, c'est à Rishi que j'ai pensé en premier. Il était parti vivre là-bas après avoir obtenu sa licence à DU, l'université de Delhi, et habitait avec son copain. Je l'ai appelé pour lui demander s'il pouvait m'héberger quelques jours. Il a paru perplexe un instant, puis a déclaré : *"Mi casa es tu casa."*

Il m'est arrivé peut-être sept fois d'agir sur un coup de tête dans ma vie – l'incident avec Dhruti et un autre d'ordre fécal à l'école primaire en font partie. Cette fois-là était donc la septième et demie ou, d'accord, la huitième. Il ne s'est pas écoulé plus de deux heures entre ma décision et mon passage à l'acte.

Tout à coup, je me suis retrouvé dans le salon avec mon sac. Mes parents étaient assis à table. Ils fronçaient les sourcils en regardant l'écran de l'ordinateur d'Appa.

"Je dois me rendre d'urgence à un entretien d'embauche", ai-je déclaré.

J'avais la gorge sèche.

Appa a levé les yeux.

"Quel entretien d'embauche ?"

Je l'ai vu remarquer mon sac, puis le fait que j'étais habillé. J'avais même veillé à enfiler des chaussures.

“Je t’en ai parlé il y a quelques jours. C’est à Bangalore. Tu n’écoutes jamais.”

Appa et Amma ont cligné des yeux. J’ai levé les mains.

“Mon billet est déjà réservé.”

Comme si tout le monde savait qu’on risque la prison quand on annule un trajet.

Appa a commencé à me traiter d’écervelé. Je ferais mieux de me concentrer sur l’examen d’entrée du MBA plutôt que d’aller à n’importe quel entretien. Dans un autre État en plus. Amma était d’accord.

“Je vous préviendrai quand ce sera fini. Je ne sais pas trop combien de temps ça prendra.

— Mais comment tu peux partir ? s’est écrié Appa. Avec tout ce qui se passe.”

J’ai réfléchi quelques secondes à ce qui se passait en changeant mon sac de main. Le salon était sombre. Le ventilateur était sur vitesse maximum. Il ne faisait pas chaud, et pourtant, j’étais trempé de sueur.

“La réception est mauvaise en itinérance. Mais je vous enverrai un message à mon arrivée.

— Pas question”, a répondu Appa.

Je me dirigeais déjà à reculons vers la porte. Je l’ai ouverte.

Ni Appa ni Amma ne m’ont poursuivi. Ils sont restés debout au même endroit, lui un stylo à la main, elle la bouche entrouverte. J’ai quitté la maison, Blue Hills et grimpé dans un autorickshaw. Je ne cessais de regarder derrière moi. Toujours personne. Je n’arrêtais pas non plus de tapoter mes poches. Portefeuille, portable. Portefeuille, portable. Portefeuille, portable. J’avais l’impression d’avoir oublié un objet important ou d’avoir besoin de quelque chose de plus pour ce voyage.

Plus tard, dans le car, j'ai écouté de la musique à fond – ce qu'on est censé faire, pensais-je, dans ce genre de situation. Appa et Amma ont tenté de me joindre. Une fois, trois fois, cinq fois. Six fois avant que nous ayons franchi les limites de la ville. Neuf avant que le car fasse un arrêt. Quatre heures s'étaient écoulées depuis mon départ. Je me sentais en pleine forme, débordant d'énergie. Il était minuit, j'ai failli me mettre à hurler.

L'aire de repos se résumait à un parking et une rangée de toilettes. Des insectes fous dansaient le pogo autour des grands néons. Mon départ avait été si précipité que je savais à peine où j'étais. L'air sentait l'urine concentrée, mais j'inspirais de grandes bouffées. J'ai même ouvert l'application de messagerie sur mon portable et écrit : *La nuit était froide et mes poumons pleins.* J'ai adressé un signe de tête aux passagers qui attendaient près de l'herbe sauvage. La plupart avaient seulement quelques années de plus que moi. Quand ils m'ont répondu, je me suis senti plein d'entrain. J'ai fait le tour du groupe pour emprunter des cigarettes. Je n'avais même pas envie de fumer.

Réinstallé dans le car qui filait, je me suis connecté à Facebook et j'ai envoyé un message à deux douzaines de connaissances à Bangalore pour leur annoncer que j'étais en ville. *Et ?* a aussitôt répondu quelqu'un. Mais il en fallait plus pour me démotiver.

J'ai passé le reste de la nuit à réfléchir à la prochaine étape. Trouver un travail. Dans la publicité, s'il n'y avait rien dans le journalisme. Je pourrais aller trouver Piyush Pandey et lui parler de l'offre du défunt père Pauli. Je pourrais trouver le moyen d'écrire des scénarios ou de mettre des pièces en scène. Je pourrais entrer à l'école de médecine, devenir médecin. Du cœur. Du foie. Des reins. Un foutu chirurgien du pénis. Personne ne pourrait m'arrêter. Je trouverais un appartement. Je m'achèterais des vêtements. Je changerais de coiffure. Je m'inscrirais dans une salle de sport. Je me trouverais une copine. *J'achèterais* un appartement. *J'épouserais* ma copine. Je fonderais une famille. Je deviendrais millionnaire. Les slogans publicitaires ne racontaient peut-être pas que des mensonges. Rien n'était vraiment impossible. La victoire était en moi. Dehors, le paysage défilait, nous dépassions tout le monde. J'aurais juré sentir le vent sur mon visage à travers les vitres. Mes dents claquaient.

Même sans adrénaline, Bangalore était une ville impressionnante. Je visualisais les centres commerciaux dans lesquels on pouvait camper, les gens qui se déplaçaient partout à pied, allant de boîtes de nuit en fêtes privées jusqu'au petit matin. Ensuite, ils entraient en titubant dans leurs bureaux colorés, une poche de glace sur le front, et expliquaient que la pastèque guérit la gueule de bois.

Quand je m'endormais, ce n'était que pour une seconde. Ma vision était aqueuse.

Le matin venu, j'avais quatorze appels en absence de la maison. Nous avions parcouru sept cents kilomètres. J'ai vu une colonne de joggeurs fluorescents en tenues Nike. Le car entrait dans la gare de Madiwala.

32

La possibilité que Sreenath se trouve à Bangalore m'avait bien effleuré avant que je réserve mon billet – les Malayalis ont un faible pour cette ville –, mais j'étais vraiment loin de m'attendre à le croiser. En fait, je mettais toute mon énergie à faire décoller ma vie.

Voici une version condensée de ce qui s'est passé ensuite :

En prenant le chemin de l'appartement de Rishi, la matinée m'a paru tonique. Parti sur ma lancée, rien ne me semblait impossible. J'aurais pu sortir du taxi et courir jusqu'au Tibet. J'aurais même été capable de le libérer. Le soleil était levé, mais tout était frais. Bien qu'il ne soit que huit heures, les routes humides étaient déjà fréquentées. À un croisement, le métro est passé en hurlant au-dessus de la circulation. Sur un trottoir, deux jeunes filles en shorts en jean nourrissaient un cercle de chiens bien élevés. Dans ma ville, on voyait rarement les adolescentes jambes nues. Elles risquaient de se faire reluquer à mort. J'avais déjà l'impression de pénétrer dans un monde plus doux, plus généreux.

Rishi et son petit ami Shashank habitaient dans un appartement dans le quartier arboré d'Indiranagar. Je n'avais jamais rencontré Shashank, mais sur Instagram, Rishi et lui se ressemblaient comme deux gouttes d'eau avec leurs barbes épaisses et leurs t-shirts imprimés. C'était un couple installé : télévision, bibliothèque, canapé. Un journal était ouvert sur la table basse. Il y avait une assiette de sandwichs à moitié entamés à côté sur le sol. La table de la salle à manger était en bois foncé. Ils y avaient posé une corbeille contenant quelques pommes et oranges. Ils possédaient même un de ces duos de salière et poivrière fantaisie, en forme de canards.

Si j'entrais dans un magasin de meubles et voyais ce tableau, avec ses sandwichs et le reste, je serais sûrement tenté d'y laisser toutes mes économies, aujourd'hui encore.

Bien qu'on soit samedi, Shashank était parti au bureau et Rishi était seul. Tous deux travaillaient pour des comités d'experts. L'un était en charge de la répartition des terres, l'autre de l'eau potable.

"Et qu'est-ce que ça donne si vous associez vos pouvoirs ?" ai-je demandé.

Voilà dans quel état d'esprit j'étais. Avec le recul, je me rends compte que je devais être surexcité. J'avais conscience de toutes les choses qui se passaient à l'arrière-plan, de mon brusque départ de la maison sans projet précis, de l'accumulation d'appels en absence sur mon portable, de l'aggravation d'un problème déjà compliqué, mais j'étais également déterminé à suivre ce qui semblait être la bonne trajectoire pour aller de l'avant.

Pendant ma première heure chez Rishi, je me suis brossé les dents et j'ai menti comme un arracheur de dents. Si je tenais à loger chez lui, c'était en partie parce qu'il n'avait jamais entendu parler de la vidéo et que je n'aurais pas à en parler. Rishi n'aimait pas les gens de chez nous, trop stupides à son goût. Il avait sa bande BCBG de l'université de Delhi, sa bande de Bangalore, et c'est tout.

Je lui ai expliqué qu'à part pour travailler, j'étais venu faire des recherches pour un livre documentaire. J'ai commencé à le lui décrire en me basant sur une intrigue que j'avais inventée pour un devoir à la fac, où se mêlaient la famille princière de Travancore, un assassinat et les trésors du temple Padmanabhaswamy.

"Intéressant, a dit Rishi. Ça me fait penser à ce journaliste, comment s'appelle-t-il déjà, celui qui a écrit *La Note américaine*.

— David Grann."

Je me suis senti si heureux, si victorieux d'avoir retrouvé son nom que j'ai souri jusqu'aux oreilles, et Rishi m'a demandé s'il était passé à côté d'une blague.

Je ne suis pas un menteur en temps normal, mais des mensonges ont continué à sortir de ma bouche. Songeant à Dhruti, je lui ai raconté que j'étais plus ou moins sorti avec une fille de notre ville, "une weeb". "Enfin, on a décidé d'arrêter de se voir il y a quelques mois." Et c'était dur. Cela avait eu des conséquences sur "mon œuvre". Je buvais trop.

Tout en continuant à me vanter, je me suis quand même demandé à différents moments si Rishi n'était pas au courant de ce qui était arrivé à Sreenath. Puis il m'est venu à l'esprit que nous étions finalement insignifiants, que l'incident avait été amplifié, alors que c'était une toute petite chose sans défense.

Cette pensée était si apaisante qu'elle m'a littéralement débouché le nez. Une lumière a jailli. Mes yeux se sont mis à briller.

Rishi me dévisageait.

“Qu’est-ce qui t’arrive ? T’es défoncé ?
— T’aurais de l’herbe ?”

Il nous a servi un café ; c’était mon sixième en quelques heures, en comptant ceux que j’avais bus à chaque arrêt du car. Je lui ai parlé des films que j’avais vus récemment. “Tu devrais regarder *Court*, ce drame marathi. Super bien.” “T’as pas encore vu *Kumbalangi Nights* ? On est où ici, dans une grotte ? Tu vis en ermite, Rishi ?” Rien ne m’arrêtait. Pas même le fait de ne connaître aucun film de Terrence Malick : “Franchement, comment ça se fait qu’on continue à parler de lui ? Malick de mes couilles.” Je comptais les points. J’ai menti en disant que j’avais fini deuxième de ma promo à la fac. “Vous ne pouviez pas télécharger de films à DU ? Comment t’as pu rater *Your Name* ? Moi qui croyais que vous étiez la crème des intellos. D’ailleurs, *Your Name* n’est même pas intello. C’est carrément grand public.” Je suis passé aux livres. J’ai déclaré que, de nos jours, il valait mieux affirmer n’avoir jamais lu *L’Infinie Comédie* que le contraire. C’était un avis que j’avais lu sur internet. “*Le Roi pâle* est meilleur. On comprend vraiment pourquoi l’auteur s’est suicidé.”

Rishi était réservé. Il est tout à fait possible qu’il ait craint pour sa vie : un type venait de débarquer chez lui, les yeux un peu trop écarquillés, avec l’énergie d’un professeur d’aérobic au sommet de sa forme, et s’extasiait sur des centaines de choses, gloussait et débitait des blagues à un rythme incroyable, avait dénigré son ancienne fac une douzaine de fois en dix phrases et ne cessait de sortir et de ranger son portable dans sa poche.

Il a peut-être cru que j’étais en cavale après un meurtre.

Mais c'était une personne bien élevée. Il m'a poliment écouté et est même intervenu pour me raconter une anecdote sur une exposition. J'en ai aussitôt inventé une.

"Sur une échelle de un à Trivandrum, quel est le degré de médiocrité de la ville aujourd'hui ? a-t-il demandé.

— Trivandrum. Au fait, les gens racontent que tu es devenu un homosexuel avéré.

— Cet endroit ne changera jamais.

— De foutus homophobes partout, tu n'y croirais pas."

J'en rajoutais, mais le démolissage de notre ville, avec Rishi, ça marchait à tous les coups. On a fini par la critiquer si violemment que j'ai failli lui raconter nos ennuis. *Accroche-toi*, m'imaginais-je dire. Ou bien *Tu veux vraiment savoir à quel point c'est merdique ? Écoute ça.*

En début d'après-midi, Amma m'a envoyé un lien. J'ai décidé de l'ignorer. C'était moi qui avais écrit le message précédent pour soulager ma conscience : *Arrivé. Tout roule.*

Pendant l'heure suivante, elle me l'a transféré quatre fois. J'arpentais le salon en interrogeant Rishi sur le marché du travail, lui donnais des conseils pour décrocher un bon job et tentais de jouer à la PS4. Mon portable pesait de plus en plus lourd dans ma poche et mon entrain diminuait. Pendant que Rishi était au téléphone, je suis allé dans la salle de bains et j'ai cliqué sur le lien.

Jusqu'à présent, les articles sur Sree et Anita étaient assez superficiels. Celui-ci était plus long, environ six cents mots. Il était publié dans le supplément d'un grand journal indien. Je l'ai lu deux fois. Il était bien pire que les autres.

Si je devais situer avec exactitude le point de bascule de l'article, je dirais que c'était lorsque Sree était interrogé sur la réaction initiale des gens. Quelque chose avait dû se déclencher dans son esprit, car il s'était lancé dans une diatribe, qualifiant la culture indienne de prude et de guindée. Selon lui, la plupart des Indiens étaient coincés ; l'Inde n'était qu'un pays de snobs et d'arriérés ; l'ancienne génération avait besoin de revoir ses valeurs morales.

Mes parents m'ont mis à la porte quand ils ont découvert la vidéo, racontait-il. *Mon père m'a même giflé et jeté mon acte de naissance à la figure. Ensuite, les parents d'Anita s'en sont mêlés et, croyez-le ou non, on nous a forcés à nous marier quelques semaines plus tard.*

La réponse d'Anita était dans le même ton, peut-être moins virulente.

J'ai imaginé Sree assis en face du journaliste, le corps en sueur, un gobelet de mauvais café à la main, s'emportant plus qu'il ne l'aurait voulu. Je le voyais aussi s'exprimer avec conviction et dire exactement ce qu'il souhaitait.

L'article avait paru l'après-midi de la veille, mais il n'avait été partagé sur Facebook que bien plus tard par un Kéralais, membre progressiste du Parlement. Il avait publié la partie sur les parents et le mariage, légendée ainsi : *Sommes-nous restés coincés au siècle dernier ?*

Assis sur les toilettes, j'ai fait défiler l'interminable liste de commentaires et de partages. Les premiers critiquaient notre culture rétrograde – ils étaient si nombreux que mon écran ne cessait de se figer.

Plusieurs autres remarques de Sree et Anita avaient attiré l'attention des lecteurs. Certains les traitaient de prétentieux. Quelques-uns déclaraient qu'ils en rajoutaient pour se faire remarquer.

Le commentaire le plus apprécié était le suivant : *Mec, on t'a surpris en train de t'envoyer en l'air dans les buissons, et maintenant tu te la joues philosophe ? MDR.*

J'ai cliqué sur le profil du type. C'était un étudiant en médecine d'Ernakulam.

Un autre commentaire très populaire avait été laissé par une femme de trente-cinq ans qui postait beaucoup d'articles sur les régimes minceur : *Il existe un truc génial avec des murs et un toit : ça s'appelle une chambre. Je vous suggère d'en trouver une, tous les deux, au lieu de donner des leçons à tout le pays sur sa "pruderie". Et si ça ne vous plaît pas, allez habiter ailleurs. Tentez donc le même coup au Pakistan. Et emmenez notre cher membre du Parlement. Bonne lapidation !*

J'ai continué à dérouler.

Comment en vouloir à ces pauvres parents ? écrivait un médecin indien installé en Écosse. *Ces deux-là mériteraient une bonne gifle pour avoir lavé leur linge sale en public, en plus d'avoir tourné cette vidéo obscène. Les parents devraient aussi poursuivre ce "groupe" pour obscénité. Quel clip lamentable. La chanson est mauvaise aussi, d'ailleurs…*

Certaines personnes continuaient à défendre Sree et Anita, affirmant que le plus grave n'était pas la vidéo, mais tout ce à quoi elle avait mené. Qu'importe. La plupart des autres essayaient de caser leurs blagues et traitaient toute l'affaire comme une mêlée générale. Les commentaires défavorables s'enchaînaient.

Rishi a frappé à la porte de la salle de bains.

“Tout va bien ?”

J’étais à l’intérieur depuis quarante minutes et j’avais tiré la chasse six fois.

“Ça roule.

— T’as l’intention de sortir un jour ?”

C’est aussi à ce moment-là que j’ai appris que Sree et Anita se trouvaient à Bangalore. Ce n’était pas mentionné dans l’article, mais en vérifiant mes messages sur Facebook, j’ai vu qu’une des nombreuses personnes contactées la veille m’avait répondu : *Cool que tu sois là. J’ai croisé ton frère récemment. Tu loges chez lui ?*

J’ai essayé de pousser cette nouvelle information jusqu’au fond de mon crâne pour éviter qu’elle fuite. Mais j’avais maintenant l’impression d’empiéter sur leur territoire. Je ferais mieux de récupérer mon sac et de réserver un billet pour une autre ville sur-le-champ.

J’ai commencé à avoir mal dans la poitrine peu après avoir tiré la chasse une septième fois et quitté la salle de bains. J’ai aussitôt songé à l’attaque californienne d’Appa.

La douleur a empiré lorsque la famille de Rishi est arrivée. Son père, sa mère et sa sœur apportaient le déjeuner. Voilà des personnes qu’on ne verrait jamais dans l’émission de Jeremy Kyle.

Le travail du père de Rishi avait quelque chose à voir avec les routes aériennes et le transport de marchandises. Il portait un polo blanc qui moulait son gros ventre. Il appelait son fils Rish. Il lui a donné une bonne tape dans le dos. Sa mère, grande et mince, était vêtue d’un sari bleu. Elle travaillait à la direction des ressources humaines d’une entreprise d'aliments pour bébés. Sa sœur étudiait à l'université. Son t-shirt nous invitait à passer dans une boutique de surfs d'Honolulu.

Tandis qu'ils discutaient et riaient autour du déjeuner, une partie de moi pensait à l'article, à mes parents restés à la maison et à Sree qui était à Bangalore. L'autre partie essayait de deviner si les proches de Rishi savaient qu'il était homo. Je me suis dit que je me sentirais beaucoup mieux dans le cas contraire. Ils parlaient beaucoup de Shashank, mais peut-être parce que c'était son colocataire.

"Quand est-ce qu'il arrive, ton double ?" l'a taquiné sa sœur.

Ses parents ont longuement pesé le pour et le contre au sujet d'un examen que Shashank était censé passer.

Ce qui ne m'a rien appris.

J'ai abandonné et tenté de me montrer sociable en posant des questions à chacun. Puis j'ai picoré dans mon assiette. Chaque bouchée devenait une boule molle.

Après le déjeuner, les parents de Rishi ont passé encore trois ou quatre heures chez lui, pendant lesquelles j'ai écouté leurs conseils pour réussir haut la main les examens du MBA. Shashank est arrivé juste au moment où ils partaient. Ils se sont brièvement rassemblés près de la porte.

"La prochaine fois, tu ne nous échapperas pas", a dit la mère de Rishi.

Je n'ai jamais découvert si ses parents étaient au courant. Cela semblait tellement cliché de lui demander : "Est-ce qu'ils savent ?" Je craignais en outre qu'il ne me réponde : "Qu'est-ce que ça peut faire ? On n'est plus au collège."

Mon ventre et ma poitrine étaient de plus en plus noués. On aurait dit que j'avais avalé des mottes d'argile.

"Si tu te sentais déjà aussi mal et au bord d'une foutue crise d'angoisse, pourquoi tu as mangé des bonbons au cannabis, gros couillon ?"

La réponse détaillée est la suivante :

Après le départ des parents de Rishi, Shashank avait proposé de faire quelque chose de marrant puisqu'on était samedi et que c'était ma première soirée à Bangalore. Il était revenu de la cuisine avec un bocal de bonbons en gélatine. Rishi, qui avait sans doute un mauvais pressentiment, m'a dit : "On devrait remettre cette fête à demain. Tu devrais peut-être juste dormir ce soir."

Mais j'étais déjà trop enthousiaste. Je voulais retrouver mon état d'esprit du matin. Je suppose que j'avais aussi l'impression de me sentir mieux.

Au début, tout s'est vraiment bien passé. Rishi a mis de la musique et allumé sa PS4. On a baissé la lumière. Les bruits assourdis de la ville nous parvenaient par la porte du balcon.

Ensuite, tandis que Shashank jouait à un jeu de formule 1, Rishi a ouvert la boîte de friandises apportée par sa mère. Des Mysore pak, différents de ceux qu'on trouvait à Trivandrum. J'en ai mangé deux, puis cinq, puis dix. À un moment, j'ai commencé à les trouver trop pâteux. Un instant plus tard, ma gorge était engluée. On pourrait réfléchir à la dimension métaphorique de l'élément déclencheur, mais cette sensation était très réelle et très tenace.

Bien entendu, il est impossible d'atteindre le fond de sa gorge avec la langue. Cela ne m'a pas empêché d'essayer et d'avoir des haut-le-cœur en chaîne. L'odeur du ghee commençait à m'irriter les yeux et me collait aux mains même si je n'arrêtais pas de les frotter sur mon jean. Elle se mêlait à celle de ma sueur. Je sentais la glu se répandre et j'étais convaincu que ma gorge se resserrait. Je ne pouvais plus respirer. Dans mon ventre, une poche s'est formée et a durci.

"Je ne me sens pas bien, ai-je dit en frissonnant. J'ai l'impression de mourir."

À partir de là, mon malaise n'a fait que s'accentuer. Je leur ai suggéré de m'emmener à l'hôpital ou d'appeler une ambulance. Je leur ai crié de me prendre au sérieux.

"Calme-toi, respire par le nez, a dit Rishi. C'est juste un *bad trip* à cause de toute l'herbe que tu as fumée. Ça passera avec une bonne nuit."

En attendant, j'avais contaminé Shashank. Il nous tournait autour en disant : "Est-ce qu'il va arrêter de flipper ?"

Lorsqu'ils ont disparu dans l'ombre pour parler, j'ai pensé qu'ils cherchaient à savoir s'ils m'avaient donné par accident la mauvaise dose ou carrément la mauvaise drogue. Recroquevillé sur le sol, je me suis agrippé la poitrine et j'ai attendu en pleurnichant que toute ma vie défile. J'ai imaginé Appa ouvrant d'un coup sec le journal du matin : *UN JEUNE DE TRIVANDRUM MEURT D'UNE OVERDOSE ; SON CORPS NU RETROUVÉ DANS UN FOSSÉ.*

"Pourquoi est-ce qu'il était nu ?" demandait-il à Amma.

Apparemment, il a été décidé d'appeler Joel pour qu'il prévienne mon frère. Celui-ci a cédé dès que Rishi s'est présenté et lui a expliqué la situation.

Je donne l'impression d'avoir subi tout ça, mais c'était mon idée en réalité, même si, au départ, ce que je voulais, c'était fuir Sree. Le fait que je n'aie pas les idées claires et que je regarde la mort en face était un facteur important ; ce ne serait sans doute pas arrivé sans les bonbons. Autre facteur, je m'étais senti totalement perdu toute la soirée. Je ne voulais pas rentrer à la maison et je n'avais rien à faire avec ces gens. Je suppose que je voulais être évacué.

J'étais toujours dans un état somnolent lorsque la porte s'est ouverte à toute volée. Sreenath est entré dans l'appartement en injuriant tout le monde, moi le premier. Vu du sol, il avait l'air aussi puissant que Godzilla. Il portait un grand sweat-shirt à capuche, ainsi qu'un vieux jean. Il avait les cheveux en pétard et quelques poils de barbe sur les joues.

"Est-ce que j'ai une sirène sur la tête ? a-t-il demandé à Rishi. Est-ce que je ressemble à une ambulance ?"

On commençait à entendre réagir les voisins. Rishi voulait que je disparaisse de chez lui. Shashank s'était retiré dans un coin, persuadé que la police allait arriver.

Sree a commandé un Uber.

"J'ai déjà une tonne de galères sur les bras, et tu me fais un coup pareil ? s'est-il écrié dans la voiture. Tu m'emmerdes."

Comme il n'arrêtait pas de m'insulter, le conducteur a commencé à se plaindre en kannada.

La magnanimité que j'avais attribuée à mon frère avait disparu. J'ai eu envie de lui demander comment *il* osait me reprocher de le déranger. Mais il y avait un embouteillage dans ma bouche. Du vomi, de la bile et la quasi-totalité de mes enzymes digestives jouaient des coudes vers la sortie.

33

C'est peut-être dû à la drogue, au manque de sommeil, à une forte migraine et à une carence en électrolytes, mais la brève période que j'ai passée chez Sree me revient seulement par instantanés flous.

À une heure du matin, je me suis réveillé sur le canapé gris d'un appartement de trois pièces. Un homme coiffé d'une calotte allait et venait entre une des chambres et le salon en lisant un guide de préparation à un examen. Me voyant assis, il a frappé à la porte de l'autre chambre et crié : "Ton ami est réveillé." Sree n'est pas sorti. Mon portable affichait deux appels en absence de la maison. Je me suis laissé retomber sur le canapé et assoupi.

Deux heures plus tard, je suis parti à la recherche des toilettes où j'ai vomi. Cette fois, Sreenath était assis à une petite table dans le couloir qui longeait les chambres. Il semblait lire des commentaires sur Facebook, mais a changé d'onglet quand il m'a vu.

La porte de sa chambre était entrouverte. Sur le lit, Anita faisait défiler quelque chose sur son portable. Ses cheveux étaient coupés au carré. Elle a levé les yeux.

"Oh, Seigneur, c'est l'entremetteur. Je me demande qui sont les futurs chanceux", a-t-elle dit avant de fermer la porte.

Je suis resté un moment à côté de mon frère, embarrassé – embarrassé de me sentir embarrassé, entre autres.

"Ce n'était pas intentionnel, tu sais, ai-je dit. J'ai atterri par hasard à Bangalore. Je voulais fuir tout ce qui se passait à la maison. J'ai appris que tu étais ici il y a seulement quelques heures.

— Bien sûr.

— Bien sûr ? Tu es conscient d'avoir foutu toutes nos vies en l'air ? *Bien sûr.*"

Sree a gardé le silence. Il lisait la page d'accueil d'un blog à présent.

J'ai décidé de ne faire aucun commentaire sur le clip et lui ai demandé s'il allait bien.

"Ne commence pas avec ces conneries.

— Si tu n'as pas envie de rentrer à la maison, je peux le comprendre.

— Super."

Le bord de l'écran de son ordinateur était fissuré. Sree n'avait pas vraiment l'air en meilleure forme. Son visage était amaigri, sa peau fripée. Ses ongles avaient jauni.

"Mais qu'est-ce que tu voulais au juste ? ai-je demandé. Que je fasse front commun avec vous, et ensuite ? J'ai au moins essayé de trouver une issue."

À ma grande surprise, il a réagi.

"Tu les as toujours soutenus.

— Je leur ai parfois trouvé des excuses et j'ai essayé de les comprendre.

— Ils t'ont bien rendu la pareille.

— Ils étaient eux-mêmes dans une situation délicate.

— D'accord.

— Mais je saisis ton point de vue."

Sree a secoué la tête, commencé à parler, s'est interrompu, puis a fini par lâcher : "Même pour cette foutue école d'ingénieur, tu es venu chaque jour dans ma chambre me demander de leur céder. Chaque jour, tu venais me faire tes putains de sermons.

— Je suis désolé. Je n'avais que treize ou quatorze ans."

J'étais vraiment désolé. Et vraiment un gamin à l'époque.

"Ce n'est pas l'impression que tu donnais. Tu te prenais pour un vieux sage qui avait toujours réponse à tout.

— Il fallait bien que quelqu'un assure. Chaque fois que le toit nous tombait sur la tête, chaque fois qu'Appa et Amma se disputaient, chaque fois que nous avions un vrai problème, tu étais distant et inutile.

— D'abord, c'étaient les parents qui se créaient la plupart de ces problèmes. Voilà ce qui arrive quand on est vaniteux et qu'on cherche l'approbation de tout le monde. Voilà ce qui arrive quand on n'est jamais satisfait ni heureux."

Parce qu'il fallait que ce soit dit, j'ai répliqué : "Tout ce que nous avons, y compris notre éducation, c'est à eux que nous le devons."

Sree continuait à dérouler la page.

J'ai soupiré et dit que j'avais envie de vomir.

"Après cette conversation, moi aussi."

À cause de l'heure et de mon brusque déplacement, j'avais l'impression que notre discussion s'était déroulée dans une bulle.

À mon retour des toilettes, Sree avait un casque sur les oreilles. Il était bleu, et l'idée que je ne l'avais encore jamais vu m'a attristé. Je suis retourné dans le salon. Mon frère ne m'a pas interrogé sur mon voyage, la date de mon arrivée, ni sur l'état de nos parents.

Chaque fois que j'ouvrais les yeux, je voyais la lueur de son écran d'ordinateur et sa silhouette voûtée sur le tabouret. Tôt le matin, je l'ai entendu discuter au téléphone avec une personne qui, d'après mes déductions, était avocate.

À mon réveil, l'appartement était désert. Je me suis débarbouillé, j'ai pris un antalgique et je suis resté un moment à côté de la porte de la chambre de Sree et Anita. Finalement, je suis entré.

La pièce était minuscule et bien rangée. Le lit avait des draps à fleurs. *Mr Mercedes* de Stephen King était posé sur un oreiller. Une jupe humide séchait sur la tête de lit. Quelques croquis d'Anita étaient collés sur la porte de l'armoire. Sur certains, Sree avait dessiné des bulles au-dessus des personnages et écrit des questions à l'intérieur : "On déjeune ?", "On va au parc ?", "Un ciné ?"

J'ai pris le roman de Stephen King, déchiré les dernières pages et les ai fourrées dans ma poche. Me sentant plus calme, j'ai tiré une chaise en plastique vers moi et me suis assis près de la fenêtre ouverte. L'appartement était au troisième étage. J'entendais des sonnettes de vélo et des bavardages. Il y avait sans doute une université à proximité. L'air sentait le talc et le détergent, ainsi que l'odeur familière de Sree, l'odeur de notre maison.

Je regrettais déjà d'être entré en contact, d'une certaine manière, avec lui. Mon séjour à Bangalore était désormais un échec. Pourtant, cette pièce – son confort apparent, et ce qui semblait être l'essence d'une nouvelle famille, en formation – me donnait envie de rester, d'espérer une sorte de réconciliation. La neige derrière la fenêtre et tout le reste.

Peu avant midi, Sree et Anita sont rentrés, suivis de deux jeunes filles. Étudiantes en première année, elles écrivaient dans le journal de leur université.

J'étais retourné m'allonger sur le canapé. Elles ont interviewé Sree et Anita à côté de la table du couloir. De temps à autre, je les écoutais en essayant de contenir ma colère et en pensant à ce que je pourrais dire à Sreenath ensuite.

Lorsque l'entretien a été terminé et que Sree les a raccompagnées à la porte, il s'est arrêté près du canapé et m'a pointé du doigt.

"Voici de quoi je parlais tout à l'heure. Nous sommes en présence d'un spécimen typiquement indien de ce qu'on appelle le médiateur."

Tous trois souriaient. Je les voyais comme si j'étais sur une table d'opération.

"Le médiateur parvient toujours à vous retrouver où que vous alliez, a-t-il dit d'une voix de conférencier. Il est impossible de lui échapper. Il n'a aucune volonté et n'aime pas que les autres en aient. Cependant, il est toujours là pour résoudre les problèmes et aider le monde à faire la paix. Il est mouillé jusqu'au cou."

Il a marqué une pause pour voir si les filles avaient envie de ricaner.

"Il est venu de chez nous en mission officielle. C'est comme un esprit frappeur qui vous suit de maison en maison, mais en beaucoup plus agaçant. Vous saisissez ?"

J'ai bondi du canapé et lui ai envoyé mon poing dans la figure. On est tombés par terre. Il m'a tiré les cheveux et a réussi à m'en arracher une poignée. Je lui ai craché dessus et j'ai continué à boxer dans toutes les directions. Je suis entré en contact avec des dents, de l'air, puis un morceau de chair non identifié. Les filles ont hurlé.

Anita a accouru dans la pièce et, dans la foulée, m'a envoyé un violent coup de pied dans le nez.

La douleur s'est répandue en moi comme des billes. Mon t-shirt était couvert de taches de sang. J'ai rampé à reculons jusqu'à ce que je touche le canapé.

"Sale con !" ai-je hurlé. Ou plutôt "Fale con !"

Ensuite, j'ai attrapé mon sac, mon portable, et j'ai titubé en direction de la porte.

Dehors, je me suis aperçu que je ne savais même pas où j'étais. Pour ne rien arranger, la tête me tournait et les panneaux étaient flous.

J'ai grimpé dans le premier autorickshaw qui attendait et demandé au chauffeur de me conduire à la gare routière de Madiwala. Le sang a paru l'effrayer, mais il a mis le compteur en marche.

Pendant le trajet, je n'ai pas pu m'empêcher de visualiser le voyage du retour jusqu'à Trivandrum. L'exact contraire de l'aller. Un car plein de passagers tristes, aucune musique à écouter, la course des joggeurs dans la direction opposée, l'aire de repos et son herbe sauvage, l'air au parfum d'urine, les papillons de nuit. Enfin, l'arrivée à Thampanoor, le trajet en autorickshaw, la descente dans le cratère de Blue Hills.

En imaginant la maison, j'ai demandé au chauffeur de s'arrêter. J'ai envisagé de retourner à l'appartement de Rishi, mais ç'aurait été trop embarrassant. J'ai cherché des motels bon marché sur Google, puis je lui ai indiqué le chemin du plus proche. J'ai sorti une chaussette de mon sac, tâté mon nez pour voir s'il était cassé, puis je me suis essuyé prudemment le visage.

34

Pendant les deux ou trois semaines suivantes, j'ai eu l'impression qu'un électricien testait un par un les interrupteurs de mon circuit émotionnel dans un ordre revanchard et surprenant. Toutes les émotions extrêmes fonctionnaient à merveille. Je me sentais embarrassé, indigné, perdu, détestable, furieux – et je ressentais tant de choses, si intensément, que je me sentais également très important.

Le temps que je rappelle enfin mes parents, ils avaient décidé qu'ils ne me parleraient plus, à moins que je ne rentre immédiatement.

J'ai pensé : Il vaut sûrement mieux partir et revenir plus tard dans cette ville, avec un plan solide et de l'argent, que de déposer mon corps sur le lit d'un Paradise Inn qui est sans doute l'endroit préféré des MST.

Et : Ai-je vraiment envie de prendre le risque d'être poignardé par un portier dopé à la méth et ce tournevis dans sa poche ?

Ai-je envie de devenir un fantôme et de hanter la chambre 114 jusqu'à la fin des temps ?

Il vaut sûrement mieux rentrer que d'appeler des gens à qui je n'ai pas parlé depuis l'école ou que de donner suite à ces messages sur Facebook en disant :

“Salut ! Du coup, je me demandais si je ne pourrais pas squatter chez toi…”

Ou que d’écouter Nithin Krishnan se vanter de son titre ronflant, de l’argent que lui rapportent les nouvelles technologies et de sa relation avec une influenceuse, ou que de supporter les jappements du spitz nain de Manav Verma, ou que d’écouter Rishi se plaindre, une fois de plus, que ses voisins ont appelé le président du syndic – le tout en postulant à des emplois qui ne m’intéressent pas une seconde.

J’ai pensé : Il vaut sûrement mieux laisser tomber que d’expliquer en boucle ce qui se passe chez moi à une douzaine de fouineurs.

Ou que d’être en permanence à quelques centigrades de l’explosion.

Mais je savais que, si je rentrais, il me faudrait peut-être des années pour rassembler l’énergie dont j’aurais besoin pour prendre à nouveau mes distances.

35

C'est à peu près la semaine où j'ai décroché un travail – chez DigiOn, marketing des médias sociaux, référencement, création de contenu, stratégie et image de marque – que mes parents ont craqué. Mon deuxième mois à Bangalore touchait à sa fin. Je louais depuis peu une chambre chez un particulier. Après Blue Hills, Elite Apartments et Paradise Inn, j'étais content que cet immeuble se nomme seulement New PG Accommodations. Inutile de préciser que le logement n'avait rien de neuf.

Ma chambre était basse de plafond et sans fenêtre. La salle de bains commune, repérable à l'odeur, se trouvait tout au bout d'un étroit couloir. Je logeais au deuxième des trois étages, tandis que le gérant habitait au rez-de-chaussée. Chaque matin, sa femme faisait frire du saumon. Il suffisait également de se fier à son odorat pour atteindre leur appartement.

Le jour où Amma a finalement appelé, elle m'a demandé si j'avais besoin de quelque chose et j'ai répondu que non. Le lendemain, Appa m'a téléphoné pour savoir où se trouvaient les "satanés ciseaux verts".

Pendant un moment, j'ai essayé de rester totalement indifférent à ce qui se passait à la maison.

Mais une fois que mes parents ont commencé à parler, je n'ai pas pu les faire taire. Je suppose que j'étais aussi inquiet.

Pendant les mois précédant la diffusion du clip et ses critiques virales, ils avaient atteint une sorte de plateau – c'était peut-être plus une saillie qu'un plateau, d'ailleurs. Quoi qu'il en soit, cela semblait suffisant. Leurs interactions avec les voisins étaient plus supportables. Ils avaient recommencé à sortir. Même les membres de notre famille avaient commencé à s'habituer à nous.

Naturellement, personne n'avait vraiment tourné la page ; des rumeurs couraient toujours de-ci de-là, et beaucoup de gens étaient encore très maladroits. Mais le fait est que mes parents avaient recommencé à avoir des interactions ordinaires.

J'imagine que devoir supporter des rumeurs qui circulent dans l'air n'est pas comparable au fait de les voir publiées dans les journaux. Pendant mon absence, l'équipe d'une chaîne d'informations locale était arrivée à Blue Hills dans sa camionnette avec parabole et projecteurs. Elle n'avait pas eu le droit d'entrer et rien n'avait été filmé, mais la chaîne avait tout de même diffusé un bref sujet sur le clip le soir même.

Pour la majorité de nos voisins, trente secondes de télévision comptaient infiniment plus que mille milliards de clics sur internet.

Amma se plaignait que Karthika l'évitait. Appa n'arrêtait pas de dire qu'il allait poursuivre Sree en diffamation.

J'avais tapé son nom sur Google pendant mes premières semaines à Bangalore. Il n'y avait pas de nouveaux articles ni interviews, mais une tribune sur la pédopornographie, l'inefficacité du blocage des sites pornographiques et la nécessité de responsabiliser leurs propriétaires. Elle mentionnait le clip au passage.

Plus tard, je me suis aperçu que Sree et Anita, craignant d'être accusés d'attentat à la pudeur, avaient fait disparaître la version officielle.

36

Longtemps, les choses n'ont pas semblé s'améliorer à la maison. Pendant près de trois mois, mes parents ont continué à insister pour que je rentre. Je recevais un appel d'Amma toutes les deux heures. Elle me téléphonait au moindre différend avec Appa. Elle me téléphonait chaque fois que quelqu'un avait été impoli avec elle, qu'elle avait envie de pleurer ou qu'elle s'inquiétait de l'avenir. Parfois, elle me demandait de rester en ligne pendant qu'elle faisait un saut au supermarché ou retirait de l'argent au distributeur.

Je pensais qu'ils essaieraient de vendre leur maison et de quitter Blue Hills, mais ils y sont toujours. La mère d'Anita est partie de Trivandrum, m'a-t-on dit, pour rejoindre son mari à Kollam, sa ville natale.

Nous sommes maintenant en mai. Mes parents m'appellent de moins en moins ces temps-ci. Je ne dirais pas que la situation s'est arrangée, mais elle ne s'est pas exactement aggravée.

Appa ne parle que d'acheter une nouvelle voiture – en ce moment, c'est une Benz de troisième main. Il n'aura jamais les moyens.

Parfois, il envisage de développer son entreprise. Amma travaille presque à plein temps à la boutique maintenant. Elle m'a dit qu'elle s'y sentait plus à sa place que devant des élèves.

Il y a quelques semaines, un nouvel incident est survenu à Blue Hills. Salil, le jeune motard à la mauvaise réputation, a été arrêté pour trafic de marijuana. La police l'a placé en garde à vue pendant trois jours avant de le ramener chez lui en jeep, toutes sirènes hurlantes.

"Les voisins ne parlent plus que de ça maintenant", a dit Amma.

Elle paraissait agacée.

Elle me demande rarement des nouvelles de Sreenath. Jusqu'à une époque récente, je pensais pouvoir le croiser par hasard. Puis Joel m'a appris qu'il était parti à Bombay depuis longtemps. Anita aussi. Il travaille au service financier d'une agence de publicité. Elle fait quelque chose du même genre. D'après Joel, ils n'ont plus vraiment de contacts avec quiconque.

37

Je travaille toujours pour la même agence de marketing. La plupart de mes collègues connaissent mon lien avec la vidéo parce que je leur en ai parlé. À mesure que j'apprenais à les connaître, j'ai eu l'impression de leur mentir par omission en le leur cachant, d'autant que beaucoup étaient au courant de l'incident. Je suppose que je voulais aussi me débarrasser du problème, être totalement transparent.

Il y a trois semaines, un photographe de l'agence m'a raconté qu'il avait en tête de tourner un documentaire sur ce fiasco, du début à la fin. Assis devant son ordinateur, nous attendions que se télécharge un énorme fichier Photoshop.

"Tu pourrais le réaliser, a-t-il dit. Tu déciderais entièrement du contenu, et tout le bazar. Tu te souviens de celui sur les suicides d'étudiants à l'Institut indien de technologie ? On pourrait faire pareil. Question portée, je veux dire. Un truc à trois cent soixante degrés. Et tout le bazar."

Ce collègue – qui s'appelle Bipin – fait partie des personnes qui restent très intriguées par l'affaire de la vidéo. Sa famille est passée par une phase semblable lorsque sa sœur a été enceinte.

"Ce documentaire a fait un tabac", a-t-il dit.

Plus nous en parlions – du documentaire, pas de la grossesse de sa sœur –, plus nous étions enthousiastes. Et l'idée ne m'a plus quitté.

Elle m'obsédait tant que j'en ai parlé à Trisha, mon ancienne copine de fac, quand nous nous sommes vus.

Elle était partie à Bombay pour son stage, mais l'Angleterre n'avait pas voulu d'elle.

"Quand je pense que j'ai organisé une foutue fête d'adieux", ne cesse-t-elle de dire.

Elle avait déjà entendu parler de la vidéo, évidemment.

Elle travaille aujourd'hui pour un journal de Bangalore dont les bureaux se trouvent dans l'immeuble voisin du mien. Comme elle s'est débarrassée de son petit ami paranoïaque, nous discutons souvent. Je ne suis pas sûr qu'elle soit tout à fait équilibrée.

En tout cas, quand nous nous sommes vus la semaine dernière, nous avons parlé du documentaire. Sur la terrasse de son appartement, nous buvions le scotch qu'un Kashmiri qu'elle avait rencontré sur Bumble lui avait laissé avant de s'envoler.

"C'est l'idée la plus stupide que j'aie jamais entendue. Évitez de remuer le fumier. Parce que cette histoire pue vraiment."

Je lui ai expliqué que le documentaire n'en serait pas vraiment un. Ce serait plutôt un court exposé qui clarifierait les choses, montrerait chacun de nous sous un jour plus juste et nous permettrait à tous d'avoir l'esprit tranquille. Ce serait une sorte d'épitaphe de l'incident. Une conclusion, si l'on peut dire. Je pourrais interviewer toutes les personnes concernées, même les parents d'Anita. Je leur demanderais de décrire les circonstances, la confusion. Je les ferais également parler de ce qu'ils ressentent à présent. Ce serait une façon de nous réapproprier l'histoire et de tourner la page.

"Tu vas seulement aggraver les choses", a dit Trisha.

Nous suivions du regard un avion qui clignotait dans le ciel.

"Quand on a un bouton, on n'y touche pas, même si on en meurt d'envie."

Je lui ai répondu qu'avec le clip, Sree avait voulu "prendre le contrôle du récit" et qu'en effet, cela n'avait fait qu'exacerber le problème. Mais avec les bons éléments, ce serait différent.

"C'est ta vie, mon vieux."

Dimanche dernier, j'ai envisagé d'appeler Joel pour lui demander le numéro de Sreenath.

Quand je pensais à lui, je me rappelais surtout la manière dont il s'était adressé à ces deux étudiantes, les journalistes. Elles avaient eu l'air de se demander ce qu'elles faisaient chez lui. Il n'arrêtait pas de parler : de son idée de devenir une sorte de producteur, de la façon judicieuse dont Anita et lui avaient tiré parti de leur situation, de philosophie et de politique. Ce qu'il disait n'avait pas beaucoup de sens. Il avait aussi raconté beaucoup de blagues nulles.

"Mais, au fait, qui a eu l'idée de le faire dehors ? avait nonchalamment demandé l'une d'elles.

— C'est arrivé comme ça.

— C'était lui", avait répondu Anita.

Les filles avaient ri nerveusement.

"D'accord : quarante pour cent la mienne, soixante pour cent la sienne, avait-elle dit après quelques secondes de silence. Ça te va, Sree ?"

Mon frère n'avait pas réagi.

Dans mon lit, j'ai repensé à cette scène et à tous les calculs de responsabilité auxquels se livraient Appa et Amma. Les quinze pour cent, les dix pour cent, et même les trois pour cent pour lesquels ils se disputaient et qu'ils inscrivaient dans un tableau. Sree et Anita étaient-ils vraiment différents ? J'ai réfléchi à nouveau au fait que ce documentaire nous permettrait de résoudre certaines de ces équations, voire de rééquilibrer quelques comptes.

Alors que j'envisageais sérieusement d'appeler Joel, j'ai reçu un message au sujet d'un travail à envoyer de toute urgence. Pendant que je m'en occupais, le menuisier est enfin passé réparer la serrure de mon placard. Lorsqu'il est reparti, j'ai dû aller voir un ami au sujet d'un vieux vélo. J'ai également dû passer chez mon propriétaire pour un remboursement, faire réparer le chargeur de mon ordinateur, rendre des livres et faire des courses.

Le soir, je me suis senti fatigué, puis content de l'être, puis coupable d'être content. Je suis sorti me promener dans une des ruelles les plus calmes de mon quartier et j'ai fumé nonchalamment une cigarette, comme dans les films. Dans ma tête, j'ai dressé une longue liste des choses à faire les jours suivants. Je voulais croire que Sree en avait une aussi. Peut-être que, jonglant tous deux avec ce qu'Appa appelait les embêtements de la vie, survivant et rayant des éléments de nos listes, on finirait par se retrouver face à face un jour. Peut-être qu'il me traiterait d'abruti ou que je lui donnerais un coup de poing, peut-être qu'il demanderait de l'aide ou que chacun passerait son chemin. Peut-être qu'on s'inviterait tous les uns les autres sur Facebook et qu'on ferait comme si on était amis.

REMERCIEMENTS

Merci infiniment à :

Luke Brown, mon réviseur de génie, d'avoir repéré ce qu'il y avait de meilleur dans ce livre ; Sarah-Jane Forder pour sa sagesse et sa patience ; Hannah Westland, Graeme Hall, Flora Willis, Anna-Marie Fitzgerald et toute l'équipe de Serpent's Tail.

Mon incroyable agent Ivan Mulcahy et ce qu'il avale au petit-déjeuner – sans lui, ce livre n'existerait pas –, et toute l'équipe de MMB Creative.

Samar Hammam de Rocking Chair Books d'avoir aidé ce livre à aller beaucoup plus loin que je n'aurais pu l'imaginer.

Jonathan Myerson et Clare Allan, professeurs extraordinaires.

Ma mère Seetha Jayakumar pour le génie et l'inspiration ; mon père Jayakumar pour son soutien ; mon hilarante sœur Nandana Jayan ; mon super frère Ananth L ; mon grand-père Thanu Pillai.

Ushnav Shroff pour les flâneries.

Maria Chirayil pour les perpétuelles paroles rassurantes.

Sarita Vellani de Toto Funds the Arts, Michelle D'costa, Tanuj Solanki, Megha Agarwal et Krittika Basu pour leur aide quand j'ai commencé à écrire.

Nanditha Kalidoss, Nina Eidem, Simon Lörsch, Faiza Khan, Saurabh KV Kamalakaran, Dilin Mathew, Vaishakh Kolaprath, Naveen Fernando, Savio Victor, Lakshmy Venkatesh.

OUVRAGE RÉALISÉ
PAR SOFT OFFICE
ACHEVÉ D'IMPRIMER
SUR ROTO-PAGE
EN AVRIL 2024
PAR L'IMPRIMERIE FLOCH
À MAYENNE
POUR LE COMPTE DES ÉDITIONS
ACTES SUD
LE MÉJAN
PLACE NINA-BERBEROVA
13200 ARLES

DÉPÔT LÉGAL
1re ÉDITION : JUIN 2024
N° impr. : 104754
(Imprimé en France)